目录

001/《流年碎影》
003/《论书绝句》
005/《威尼斯日记》
007/《谁提足球我跟谁急》
009/《物源小百科》
011/《梅兰芳与二十世纪》
013/《中国问题》
015/《我叫阿拉木》
017/《中国乡村生活》
019/《黑娃的故事》
022/《奇鸟行状录》
024/《野兽之美》
026/《卡拉马佐夫兄弟》
028/《情感的迷惘》
030/《驳圣伯夫》
032/《冠军早餐》和《囚鸟》
034/《一个无政府主义者的意外死亡》
036/《叫魂》
038/《文明的历史脚步》

040/《悬壶外谈》
042/《新华字典》
045/《拒绝遗忘》
047/《饮冰室主人自述》
049/《词语》
051/《回顾五四》
053/《海外访史录》
055/《我的留学记》
057/《猫和鼠》
059/《杜拉斯传》
061/《黑白史：中国当代实验水墨》
064/《悠悠长水》
066/《中国表情》
068/《狱中记》
070/《剑河倒影》
072/《二十世纪的书》
074/《纪德文集》
076/《无名的裘德》
078/《〈唐诗三百首〉汇评》
080/《毕斯沃斯先生的房子》
082/《拥抱似水年华》
084/《等待野蛮人》
086/《书鱼知小》
088/《言言斋性学札记》
090/《十八春》
092/《二十世纪文史哲名著精义》
094/《名人日记》

枕边的书

叶兆言 著

山东人民出版社·济南
国家一级出版社 全国百佳图书出版单位

图书在版编目(CIP)数据

叶兆言散文精选. 枕边的书 / 叶兆言著.— 济南 :山东人民出版社，2018.4

ISBN 978－7－209－11366－3

Ⅰ. ①叶… Ⅱ. ①叶… Ⅲ. ①散文集－中国－当代Ⅳ. ①I267

中国版本图书馆 CIP 数据核字(2018)第 047614 号

枕边的书

叶兆言　著

主管部门　山东出版传媒股份有限公司

出版发行　山东人民出版社

社　　址　济南市英雄山路 165 号

邮　　编　250002

电　　话　总编室(0531)82098914

　　　　　市场部(0531)82098027

网　　址　http://www.sd－book.com.cn

印　　装　三河市华东印刷有限公司

经　　销　新华书店

规　　格　16 开(155mm×225mm)

印　　张　12.75

字　　数　160 千字

版　　次　2018 年 4 月第 1 版

印　　次　2018 年 4 月第 1 次

ISBN 978－7－209－11366－3

定　　价　38.00 元

096/《旅德的故事》
098/《霍乱时期的爱情》
100/《少年 Pi 的奇幻漂流》
102/《清代科举考试述录及有关著作》
104/《崩溃》
106/《雪人》
108/《谈艺录》
110/《敦煌话语》
112/《首都计划》
114/《百年孤独》
116/《逢场作戏》
118/《庄子奥义》
120/《英美十六家》
122/《缅甸岁月》
124/《南京城墙砖文》
126/《南京城墙志》
128/爱吃会吃并能吃
131/《新千年文学备忘录》
133/都市男女择偶白皮书
135/《小不列颠札记》
137/《蓝胡子的蛋》
139/难忘胡利娅姨妈
141/《老八舍往事》
143/关于《色·戒》
145/《潘金莲的发型》
147/我们心中的孔夫子
149/《向着太阳歌唱》

151/二〇一〇年的阅读
153/《散文中的散文》
155/父亲的智慧
157/《爸爸，我们去哪儿》
159/《黑子散文》序
162/阳澄笔记
164/《通俗爱情》
166/《民国小学生作文》
168/老外的目光
170/老的明信片
172/庞培的红尘之梦
174/上海格调
176/书法的法
178/茅檐草舍无冬夏
180/民国的美女
182/《南京味》
184/《砖瓦老南京》
186/南京的老照片
188/南京的民国老建筑
190/《用伤口飞翔》
192/江宁镇的前世今生
194/后记

《流年碎影》

《流年碎影》是张中行老先生的自传，厚厚的一本，断断续续地看，看了十几天才看完。这是一本让人感到亲切的书，第一版就印了三万套，和明星的传记相比，是小巫见大巫，能印这么多，已经是奇迹。

喜欢张中行已经有十几年。不止一位朋友向我表示过异议，他们有些不明白，我为什么喜欢这么一位爱说教的老先生。我说自己从来没有觉得他是在说教，朋友们说：他当然是在说教，唠唠叨叨，说一些大家都明白的道理。我不想和人争，朋友的看法自然有他们的道理。

我最早看张中行的作品是《负暄琐话》，这本书印得极少，大约是二三千本，市面上当时并不多见。我手头的一本，是张先生送给我祖父的，很快转到我父亲手里，然后无意中又成了我的猎物。我不得不承认自己对于谈掌故的书，有一种特殊的兴趣，此外，我喜欢周作人，是真的喜欢，听到别人攻击他，心里就有些不太高兴。我一直在想，中国的散文，周氏兄弟之外，应该还有些好的。譬如丰子恺，我读过一些他在一九七二年时写的散文，这些散文极棒，是一个老人的绝唱，可惜生不逢时，能见到的人并不太多。后来终于有机会出版了，淹在他过去的著作中，人们也就不太会去想文章背景。

张中行老人应该算是文坛新秀，虽然他已经是一位八十八岁的老人，出书走红，却是这些年的事。他最耐读的书，是《负暄琐话》，是《负暄续话》和《负暄三话》。要想了解他一生的故事，莫过于读他的这本取名《流年碎影》的自传。如今，很多人都已经知道张中行就是《青春之歌》中的余永泽，在没有接触他的作品前，很多人脑海里首先会有的印象，是电影《青春之歌》中扮演余永泽的于是之。于是之是位了不起的好演员，他塑造的反面人物形象，比女作家杨沫笔下负心落后而且顽固的书呆子，更入木三分。

作为一个过来人，张中行老人屡屡喜欢提到三十年河东，四十年河西。曾经红极一时的女作家杨沫已经过世，《青春之歌》书店仍然在卖，然而今天的读者，怕是再也不会有我们小时候读这本书时的激动。张中行和杨沫的故事，有一个很浪漫的开始，却有一个十分沉重的结尾。用张中行老人的话说，两人的“思想感情都距离太远”，一个走的是信的路，始终是坚信；一个走的是疑的路，忍不住就要怀疑。道不同，不相为谋，由合而分，自然在情理之中。《流年碎影》记录了一个老人的一生，从疑开始，结束的可能是信，反过来，从信开始，很可能是以疑为终。

1997 年 12 月 1 日

《论书绝句》

买下这本书，首先是喜欢它的装帧。在我心目中，三联书店的书，总让人有一种信任感，况且责任编辑就是书店的老总，老总亲自出马，这样的书，一般不应该坏到哪里去。其次，记得父亲在世时，曾花很大的气力，去找那本印数不多的《启功韵语》，正是因为读过《启功韵语》，我觉得只要是启功先生的作品，就应该读一读。我对书法是门外汉，虽然只是一本谈书法的小册子，然而我还是毫不犹豫地买了它。

启功是爱新觉罗的后裔，大清国要是不完蛋，天知道他会成为怎么样的人物。现在的启功，是大学者，是大书法家，一幅字能卖许多钱，不过，受《启功韵语》的影响，我印象中的启功，仍然还是他潦倒时的模样，是个右派，在学校里熬了许多年，也就是个副教授，老年无子，由于有病，走路时向左边摇摆。我想迟早有一天，有人会有滋有味地把启功先生的故事，全都说出来。

《论书绝句》是一本谈书法的书，颇有些想到就说的意思。启功先生坦然承认，自己学书，仅能作真草行，不懂篆隶。能这么说，也得有些肚量才行。什么叫懂，这度很难把握，说不懂未必一点不知，说懂的也许反而是个骗子。

自清以后，碑学大兴，帖学相对示弱，只要是能写几个字的，莫不谈汉隶，谈书法中的金石气。更有来头大的，说到书法，就要从头开始，既然临碑帖，必须从大篆小篆入手，再入汉隶魏碑，然后进入唐宋元明清，缺一点都不行。启功先生快人快语，一语道破了机关，鸡是蛋变的，学画鸡，不一定非要从画鸡蛋开始，话说得太邪门，没意思。

启功先生有个观点，认为写字不同于练杂技，一定讲究什么童子功。小孩练字，很多字不认识，不过照葫芦画瓢，并不能领会笔趣。成人若能认真学，应该比小孩子容易，因为成人智力远高于小孩。有一个意思，启功先生故意没有说破，这就是成人绝大多数练字不成，原因就在于没有笔趣。练字的功利性太强，虽然智力在小孩之上，见到的好碑帖也比小孩多，然而写了没几天，就恨不得把字裱起来挂在墙上，结果当然是事倍功半，真不如小孩的字写得好。

现在许多商店招牌，都是启功先生的题字。我不知道这些字怎么觅来的。坦白地说，有一些很不理想，不知道是制作时走了神，还是启功先生的字，本来就不适合装潢家的门面。以一个外行的眼光看，启功的字不宜太大，大字也许还是汉隶或魏碑更合适。

1997 年 3 月 6 日

《威尼斯日记》

我很乐意见到阿城的文字，说来也简单，因为他是个有笔趣的人。笔趣二字，三言两语说不清楚，不同的人会有不同的看法。譬如让阿城一炮而红的《棋王》，十年前写小说，大约没有不知道的。很多人欣赏棋王的棋艺，出神而入化，我不会下棋，以己度人，总觉得阿城未必也能下棋。

《棋王》有趣，不是可以和茨威格《象棋的故事》相媲美，奇妙之处在于它谈到了吃。我更愿意说《棋王》是一个谈吃的故事，阿城随手摔出了一个关于吃的简单真理，会吃并不意味着吃过哪些山珍海味，酒肉穿肠过，肚子不饿没胃口的人，算不上是真正的饕餮之徒，《棋王》中谈饥饿的闲笔，是最好的美食文章。

《威尼斯日记》是一本可以把玩的小书，这些年来，我们常念叨港台的书籍装帧，比大陆漂亮。我想大陆不是做不到，是舍不得这么做。以人才而论，大陆藏龙卧虎，真要做，太容易。我想说《威尼斯日记》就是这么一本书。装帧漂亮，永远是一个爱书人的心愿。中国历史上就有不注重装帧的习惯，譬如买椟还珠，好像过错全在做漂亮盒子的人身上。

我们反对华而不实，反对的应该是“不实”，而不应该是“华”。把书的装帧做地道，丝毫不比把书的内容写好次要，不过是分工不同。三十年代，有一位现代派诗人，曾经用精印旧体诗集的办法，印制了自己的新诗集。我不觉得旧瓶装新酒的办法好，如果仅仅因为这样有趣，我赞成，然而摆出现代遗老的姿态复古，这就有些矫揉造作。说一本书的装帧好，潜台词中已包含了赞扬它和书的内容融为一体。事实上，今天有很多书，根本用不着装帧漂亮。

《威尼斯日记》和一般的贩卖出国经历，有本质不同。海外见闻早就占据副刊的一席之地，很多文章绕半天，和风景名胜处乱刻到此一游，是一回事。有机会花公家钱出国游山玩水，去就去吧，糟蹋银子就糟蹋银子，没必要回来卖弄摆阔。存这种俗心，无法了解笔趣二字。有一种人，怎么苦口婆心教育都没用，除非把他送进小学，一切从头来。

自然生远心，《威尼斯日记》好就好在平常心境，用的全是闲笔，所想所见，行云流水，目的都在让人得意忘形。笔趣要靠阅读的人自己发现。现在似乎不太讲究闲笔，学校里讲作文，动辄强调能删的字，没必要的废话，统统删去，譬如记游，和威尼斯无关挨不上边，都得大刀阔斧。这种教师的好学生，没必要去读阿城的《威尼斯日记》。

最后想说，《威尼斯日记》封面的用纸再厚一些，更好。

1998 年 3 月 14 日

《谁提足球我跟谁急》

我能见到这本书，完全是因为这本集子中，收了我的文章。足球热，谈足球的文章也热，类似的选本还有好几种。我的姑姑是一位足球迷，看到报纸上有文章介绍这本书，写信给我，让我给她找一本，说想看看我们这些作家，都胡说八道些什么。这是她老人家第一次开口跟我要书，很显然，我写的那些小说她并没有什么兴趣。

姑姑是一位七十五岁的老太太，姑夫已经过世了，姑姑唯一的女儿也于五年前逝世，女婿和外孙女都去了珠江三角洲，北京硕大的房子里，只剩下姑姑一个人。姑姑并不孤独，她是一个球迷，而且是一个有着铁定立场的球迷。看甲 A 比赛，她是国安队的啦啦队，所谓人在北京，客随主便。看中国队和别的球队比赛，不是友谊第一，是坚定不移地站在中国这边。姑姑在信中说，看球有了立场，才能喜怒哀乐。

《谁提足球我跟谁急》这本书，收了不少文章，真如编者所说，是老中青三代作家汇聚“球场”。我很喜欢这本书的标题，联系到这本书到我手里的时候，正是中国队在十强赛惨遭不幸之际，见了这几个字，真是百感交集。报纸上充满了哀怨，每一版上，都可以听见“急”的声音。

一个“急”字，把中国人的愤怒，淋漓尽致地表达了出来。张艺谋谈中国电影，随手点了一下中国的文学现状，他说如果说中国电影不景气，那么中国的文学，又有多少景气之处。这似乎也说到了要害上，作家们理直气壮地跑到球场上说三道四，批评运动员，指责教练，如果运动员和教练反过来也学张艺谋，作家们又该如何回答。中国的足球没有踏上去法兰西的路，中国的文学难道就走上了世界。

电视上谈足球，有一位先生很认真地说，足球不仅仅是足球。作家洪峰听了很生气，说足球就是足球，扯那么远干什么。记得看电视时，我非常赞成洪峰的讲话，因为我当时也有些生气，一生气，就难免失去理智。

一提到足球，很多人都有相似的经历，这就是气立刻不打一处出。可是，事情过了，心平气和想一想，足球的确不仅仅是足球。把足球上升到哲学的高度，有些过分，然而足球里面饱含哲学，而且还含了不少文学，这一点不用怀疑。足球能让像我姑姑那样的老太太喜怒哀乐，能让那么多人急，而我们的文学在打动人方面，又怎么样呢。

1997 年 12 月 1 日

《物源小百科》

如今四十岁以上的人，大约还能记得“文化大革命”中，有一种厚厚的书，叫《读报手册》。这是在没有书本的年代里，一本很可以用来解解闷的读物。它灌输了那个特定时代里允许读的一些内容。以今天的眼光看，手册中充满了教条，但是毕竟也有提供知识的一面。譬如我，就从那上面知道了许多事。

看书很杂，这和自己从小就没什么志向有关，捞到什么看什么，看看觉得没意思，任它是什么经典，说扔就扔。读中学的时候，常常做一种游戏，拿着一本成语字典，心里胡乱想一个数，然后根据这个数翻开字典，以选中的那条成语为自己算命。这是很无聊的一件事，有时候大吉大利，有时候却让你哭笑不得。譬如想预测考试成绩，翻到的一条，却是“丧心病狂”。

我喜欢看一些准辞书类的读物，如《识小录》，如《多形式典故词典》，还有这篇文章要谈的《物源小百科》。对于我这种三心二意的读者来说，《辞海》显得有些巨大，翻起来实在不方便，而且太一本正经。我情愿选一些便于翻阅的图书。老实说，在小说诗歌散文之外，有许多边缘性的工具书，非常有意思。我们常常用到知识这样的字眼，工具书里大有知识。

仅仅为了知道什么，去查字典，是一种学习的办法。不为了什么，随便翻翻《物源小百科》，可以得到一些意外的惊喜。不知不觉中获得的知识，有时候要比有意为之更实在。中学生为了应付考试，背的东西不能不算多，五花八门，考过了就忘，为什么，因为没兴趣，或者说得不到什么兴趣。

我喜欢把工具书的一些条目，当作小品文来享受，和我有同样嗜好的读者，一定会有这样的体会。因为从事工具书编撰的人，往往既有学问，态度也特别认真。阅读这一类读物，有偷懒和走捷径的神效。

很多事，我们本来不知道，一旦恍然大悟，不禁会心一笑。譬如我们并不曾留意到，为什么西装袖口，会有一排纽扣。《物源小百科》告诉我们，这竟然是拿破仑的灵感。法军和奥军作战大胜，拿破仑检阅胜利之师，天气太冷，许多士兵冻感冒了，不住地用袖子擦鼻涕，拿破仑觉得这样有损军威，便让军需官对袖子进行了改革，在袖子处钉一带纽扣。

后来士兵不流鼻涕了，或者说伤风感冒的问题解决了，军需官便从这件小事上得到启发，把纽扣从正面移到现在袖子背面，因为这样可以减少磨损。对于军需官来说，减少损耗是非常重要的一个问题。

1998 年 3 月 20 日

《梅兰芳与二十世纪》

我可以说出自己有三个不喜欢京剧的理由。第一，鲁迅先生不喜欢，爱屋及乌，这是一种追星族心态。第二，“文化大革命”中，满耳样板戏，到哪都是这种充满豪情的大嗓门，我们家是被“革命”的对象，做贼心虚，一听到那调门心里就不是滋味。第三，粉碎“四人帮”以后，第一次听小生开口唱，那声音仿佛被一个木头夹子夹住了，听上去怪怪的，不明白为什么英俊威武的男人，要这样假声假气，这样娘娘腔。我有个朋友是京戏迷，他觉得我的态度不可救药，是没文化。

不喜欢京剧，并不妨碍我爱读和梅兰芳有关的书。不喜欢听，可以在书本上看。多少年来，我一直注意着和梅兰芳有关的故事。我看过包天笑的《留芳记》，许姬传的《许姬传七十年见闻录》，梅兰芳的《舞台生涯四十年》。有一次，在书店里，我十分犹豫是否应该把《梅兰芳年谱》买下来。我家里的书实在太多，多得没地方放，而这书真是可买可不买，结果我硬是在书店里站了一个多小时，将书匆匆翻了一遍。

不能说《梅兰芳与二十世纪》是关于梅兰芳最好的一本书，但是说它是极有趣的著作，毫无疑问。作者徐城北和我完全不一样，他是一位地道的京戏票友，说了一些道理，让我这位京剧艺术的门外汉深表赞同。譬如在回答为什么今天不能出现像梅兰芳这样的大师的诘问时，徐城北以唐诗的历史为例子，做了最好的说明。

我们都知道李白和杜甫，他们的诗，是盛唐的声音，这种声音，只有在盛唐时才能听到。在初唐和晚唐的历史大背景下，呼吁出现李杜，是不现实的，也是不可能的。记得在一次和大学生的对话中，谈到为什么今天不能出现鲁迅这样的作家，我也举过同样的例子。

空唤大师是没有意义的，人人都像梅兰芳，就没了京戏。唐诗的伟大，不仅在于只有盛唐，只有李杜，还在于它有初唐和晚唐。前不见古人，后不见来者，这句诗的真实含意，是既有古人，又有来者。艺术从来就是相通的，有些人你根本就没办法和他说道理，自己不肯下功夫努力，动辄抱怨时代，自己不出成绩，过错全在环境。于是很容易从一个怪圈，跌入另一个怪圈。怪圈一，我做不了梅兰芳，因为时代已经不允许。怪圈二，既然做不了，因此也就用不着努力。志大才疏这句成语，就是为这些人准备的。

机会从来都是属于有准备的人的。到处都可以找到借口，借口往往最害人。

1998年3月20日

《中国问题》

最初认真阅读罗素的文章，是读研究生上外语课。当时就感到很震惊，那种明白流畅的文体，时间过去十几年，至今仍然让我向往。诺贝尔文学奖颁发给罗素，说明评奖委员会这一次还真没看走眼。

和其他得奖者不一样，罗素不是小说家，也不是诗人，更没有写过剧本，但是他置身其中，丝毫不比别人逊色。罗素的著作很多。从学术上看，最重要的作品，应该是《数学纲要》。这是一本大多数人看不太明白的书。对于中国的读者来说，罗素的影响在于他的哲学随笔，从“五四”时期开始，罗素的各种小册子，常常在书摊上畅销。一个有趣的事实是，就我个人的读书经验，在文体上，中国作家真受罗素影响的并不太多，而从中悟出些道理的人．比较突出的也就算是王小波。

我完全出于偶然，在书店里发现了《中国问题》，很大的一个书店，这已经是最后一本。新版的《中国问题》初版于一九九六年十二月，印了一万册，一个月以后就加印，总印数到达三万。中国具有巨大的图书市场，我是一个经常逛书店的人，发现这本书，竟然是在一年以后。

当年坐大学图书馆的冷板凳上，曾翻阅过中华书局版的《中国之问题》，是这本书的初译，可惜那时候只是匆匆而过，并没有认真拜读。现在重读《中国问题》，感慨很深，一些话不知道应该怎么说。罗素的这本书写于七十多年前，其中涉及的一些问题，现在也许仍然还是问题。社会的进步显而易见，然而阻碍社会进步的力量，却不会因为社会已经进步，就完全退出历史舞台。

罗素始终是一位对人类进步事业十分关怀的人文学者，具有深刻的历史感和全球意识，他对于中国寄予的希望和理想，甚至比我们中国人自己还要远大。在二十世纪，东方想摆脱西方的影响绝无可能，然而中国文明，如果完全屈服于西方文明，将是人类文明史的悲哀。在某种意义上，罗素应该成为知识分子的楷模，因为他直接涉身于许多社会和政治问题，满怀热情地将绝大多数问题写了出来。对于知识分子来说，问题的发现，和问题的解决，几乎同样重要。

罗素注意到了中国在西方文明冲击下的窘境，知道中国人那种急于改变的心情，但是并没有自以为是地开出一张什么药方。中国的问题，还必须靠中国人自己解决。必须指出的是，罗素不仅仅要嘴皮弄笔杆，他曾两次入狱，第一次世界大战中，因为反战，被监禁六个月。还有一次是在四十多年后的一九六一年，由于参与百人委员会的民众反抗运动，刑期由两个月，减至七天。

1998年年3月5日

《我叫阿拉木》

是吕叔湘先生最早把萨洛扬的小说介绍到中国的，抗战期间，吕先生开始翻译，每译完一篇，就交给我祖父。父亲在世时，常跟我说起看吕先生手稿时的享受。他说的享受有几层意思，一是吕先生字好，用小楷写在川省的土造连丝纸上，赏心悦目。二是译笔好，地道的中文。三是故事有趣，很好看。

这些译文最初以《石榴树》为名结集，由开明书店出版。粉碎“四人帮”后，新版改名《我叫阿拉木》。萨洛扬又译成索洛延，是亚美尼亚人，定居美国，由于小说篇幅都不长，很受报刊欢迎，在美国有其独特的地位。据我所知，还没有一位华人的小说，能像他那样成为美国文学的一部分。

萨洛扬说了许多孩子的故事，不是典型意义的少儿作品，而是借助了童年视角。受父亲影响，我一度也是热心读者。萨洛扬的小说清新纯真，充满童趣，玻璃球一样透明，并且五光十色。美国有一路小说，不玩复杂情节，不说高深道理，仅仅以简单和丰富的人情味取胜，仿佛中国的写意画，寥寥数笔，点到为止。国内搞评论的，提到美国的简单派小说，常常忘了提到萨洛扬，其实他正是简单派小说的老师之一。

吕先生是著名的语言学家。一位训诂专业的教授，曾比较他和王力先生的不同。王先生著作等身，速战速决，打短平快，吕先生非常慎重，下笔严谨。具体地说，王先生可以用很短的时间，主编《古代汉语》这样的大部头，吕先生却习惯花更长时间，在古文中发现疏漏，写出一本薄薄的《文言虚字》。

吕先生和王先生是我非常敬重的前辈，《古代汉语》和《文言虚字》都属于造福人类的书，高山仰止，我无意在这比较两位大师的高低。记得小时候在祖父身边，新年里，两位先生来拜年，走了以后，祖父谈起他们，喜形于色，充满羡慕，我印象中，他真佩服的人并不多，而这两位，恰恰是祖父乐意认同的学问家。

我常自愧有违家教，成不了一个有学问的人。如今，在不同的场合，我都遇到一些自以为有学问的人，他们嫌王力先生鲁莽，嫌吕叔湘先生琐碎。无知最胆大，既不能文，又不能武，于是就觉得自己能文能武。对于学问都如此冒昧，对于也许还算不上学问的小说，更是肆无忌惮。吕先生的专项是语言学，仅从随手选了萨洛扬这一点，就可以看出他有很高的文学品味。现在书店里，再也找不到萨洛扬的《我叫阿拉木》，我写这篇文章的目的，是希望出版社能尽快再版，因为我相信读者会喜欢这本书。

1998 年 3 月 15 日

《中国乡村生活》

这套书一共四本，真不知道该向读者推荐哪一本，它们分别是美国人写的《中国乡村生活》和《变化中的中国人》，英国人写的《穿蓝色长袍的国度》和《中国人生活的明与暗》。在书店，你不可能在短短的时间里，毅然决定买哪一本，最好的办法是都买，或者去图书馆借。老实说，四本书都值得翻阅。

这是一些老掉牙的书，说的是一百年前的人和事。不管准确度如何，多少年来，西方的读者，正是借助这些读本，了解中国。我一向喜欢看这类书籍，因为一个人若想了解自己的嘴脸，知道别人的看法，有时候最有效果。别人的眼睛可以是面镜子，在这面镜子里，我们发现自己原来是这副滑稽模样。

十多年前，湖南曾推出过一套《走向世界丛书》，那是中国人走出去，用中国的士大夫眼光看西洋景。如果把这两套书对照读，那才叫有意思，从时间上看，都是差不多一百年前的人，说的一百年前的事，人不同，事也不同。

这套书中附了一些照片，有时候真该感谢洋人，今天拍电影拍电视剧，老人都死得差不多了，要知道过去人的打扮，就得去看这些珍贵的老照片。这套书的作者，既有传教士，也有社会学教授，还有自由撰稿人，有男有女，从不同角度，怀着不同的用心，向西方读者侃侃而谈。以今天的眼光看，当时中国真够落后，起码在西方人眼里是这样，那么多的陋习，不文明，黑暗，腐败。

我想值得一提的，是四本书的共同点，都热爱中国。作者的笔端，并没有流露出敌意，恰恰相反，和同时期中国文化人相比，视角更多一些人文精神。他们无所顾忌，谈到了中国的阴暗面，发自于内心地希望能改变这些缺陷。

时间过去了近一个世纪，书中所涉及的一些不好的东西，已不复存在，譬如女子裹脚，三妻四妾，童养媳，溺死女婴，公开的鸦片馆等等，然而坏思想的残余，却顽固地不肯退出历史舞台。如今，在广大的计划生育失控的区域，为生儿子，超生游击队处处可见。沿海城市出现了包二奶现象，毒品又悄悄泛滥，越来越严重的贪污受贿情节被揭露，老问题尚未完全解决，新问题又不断出现。

从社会学的角度看，这套书也有独特的价值。譬如《中国乡村生活》，作者虽然是传教士，对于中国乡村的考察，细微、客观、全面，生动而且有趣，所有这一切，今天有些社会学家，都未必能扎扎实实地做到。

1998年3月17日

《黑娃的故事》

外国作家的作品在中国，要比中国作家的作品在外国幸运得多。理由很简单，西方作家可以不读东方小说，东方作家却不会。有机会读到了加拿大作家布迈隆的小说《黑娃的故事》，只是一部中篇小说，译者却花了将近八年时间，才将它翻译出来出版。在谈起出版缘起的时候，译者解释说，这部书稿之所以花费了这么多日子，首先是因为原作貌似简单，实则艰涩无比；其次，译者担心这部超现实主义的前卫作品，耗尽心血翻译出来，是否会有读者接受。

译者所说的艰涩无比，大概包含两层意思，一是中文和原文的语言差异。我们常听到这样的观点，说好的中文无法译成相应的外文。显然好的外文要想找到非常熨帖的中文，也是非常困难。语言的差异是无可回避的事实，好在对于大多数读者，阅读译作，并不会去考虑原文如何。艰涩无比的第二层意思，译者担心它的超现实技巧难以被接受。《黑娃的故事》运用了多种文学创作手法，可以被当作一篇寓言，也可以当作科幻。当然根据作者的本意，它更像一部哲理或心理分析小说。译者担心，大多数读者已习惯阅读现实主义作品，凡是现实中不可能发生的事情，都将成为阅读障碍。

举例来说，小说中到处洋溢着不可能，男主角试图用语言来打动黑娃，他说得口干舌燥，结果一个个字都跌落到了地上，就像白色的塑料雪片和花瓣一样。又譬如女主角黑娃的住所大门，会随着她的心情改变颜色，情绪不好时，便永远是黑颜色。小说中，人物从生到死，又由死复活，荒诞不经的故事和细节到处可见。想象力在这部作品中得到了肆无忌惮的释放，作者自说自话，想到哪说到哪，想怎么写就怎么写。这是一部典型的超现实主义作品，小说屡屡以不可能来刺激读者的感官，以不可能来加深印象，以不可能来衬托可能。小说充分体现了超现实主义的要旨，人类必须打碎心灵上的枷锁，任其自由发展，才能表达出思想的真正功能。

译者的担心其实有些多余。现在的读者已跨过了少见多怪的年代，超现实主义作品，在中国早就不是什么稀罕之物。太阳底下无新事物，在思想禁锢的岁月，每一部新的外国文学作品被介绍到中国来，都会掀起不小的骚动。《黑娃的故事》如果早几年翻译，或许能大得追新人士的青睐，时至今日，以谈论或标榜新为时髦的风气，已显得十分可笑。前些年有过存在主义热，后来又是什么黑色幽默，什么新潮派，这种季节性的时髦到米兰·昆德拉之后似乎中断了。大家不再轻信，也不再以知道“最新”为有见识。人们现在有兴趣的是作品本身究竟耐不耐读，一本书真要是好，多少都会有人读。

不知道《黑娃的故事》在中国最终会有什么样的遭遇。过热和不热，都不是什么正常现象，译林出版社因为出了《追忆似水年华》和《尤利西斯》而名声大噪，译者因此也认为有魄力出版这两本巨著的出版社，会是推介前卫作品《黑娃的故事》的最佳媒体。很希望这种良好的愿望能够成为现实，《追忆似水年华》和《尤利西斯》已开了一个好头，但愿这种良好的势头可以继续下去。

1996 年 2 月 22 日

《奇鸟行状录》

促使我为这本书说几句话的原因，是因为两个小问题。第一，作为一个日本人，作者村上春树好端端的，何苦要跑到美国去写这么一本书。第二，这本书写出来了，畅销，连续几周被《读卖新闻》评为十大畅销书，甚至一度名列榜首，最后还得了奖，为什么。

这部小说从头到尾，都在说胡话。到处貌似真实，仔细一想，又不是那么一回事。一个陌生的女郎打来神秘电话，铃声是真实的，电话里的声音也是真实的，说了一大堆话，莫名其妙。读者如果想从电话里了解故事的走向，注定是枉费心机。怪诞荒唐在这本书中，非常正常，认同这种怪诞荒唐，恰恰就是解读这本书的钥匙。小说不动声色地描写着不可能，不做任何解释。作者觉得有些话用不着解释，不可能是可能的，可能的却很可能不可能。

我们教导那些想当作家的人，总忘不了说要体验生活。谈到生活和创作的关系，写作老师可以举一大堆振振有词的例子。生活在农民中间，了解农民的苦难，于是成了农民作家，同样还可以类推，跟变戏法似的成为工人作家，成为军队作家，成为商人作家。如果说村上春树大老远跑到美国去，就是为了胡说八道，这倒是一个很有趣的解释。

美国离日本那么远，天马行空，眼不见为净，索性远一些，想怎么说，就怎么说。人不可能拔着自己的头发跳出地球，但是可以出国。出国了，回过头来眺望，站在西方看东方，除了便于瞎说，恐怕还有一层看得客观些的意思。我们都知道不识庐山真面目的原因，要想知道梨子的滋味，尝一口就行了，想真正了解生活，光靠体验还不行。当局者迷，就好像最好的犯罪小说，并不是由罪犯写出的道理一样。

一本胡编乱造的小说，为什么会受读者的欢迎，最简单的解释，是读者起码喜欢这种胡编乱造。坦白说，想象和胡编乱造的界限，究竟在哪，谁也说不清楚。有时候只是用词不同，不能说现代读者喜欢胡编乱造，但是可以说，读者不喜欢没有想象。想象同样是接近生活的一种方式。读者不仅自己有丰富的想象，还用这要求衡量文学作品。畅销往往和媒体的操纵有关，就算是操纵也只能推波助澜，若没有和读者内心需要相吻合的东西，媒体未必有那么大的能耐。《奇鸟行状录》共五十二万字，厚厚的一本，价格不菲，却照样畅销。有人说现代人生活节奏快了，都喜欢看小册子，这种说法其实也是错的。

1998 年 3 月 16 日

《野兽之美》

很偶然买了这本《野兽之美》，逛书店，不乐意空手出来，便花钱，是最后一本，书背面已有些脏，说明有很多人翻过。感觉中，这书似乎值得一读，我买书一贯很节制，书多没地方放，六个书橱早已塞满，计划中的搬家，迟迟不能实现，结果是地方就放着打了包的书，到处添乱，眼下，这样的书包已不下二十个。买书当然是为了阅读，我看书一向很杂，经验告诉我，真正的好作品，往往出自不是作家头衔的人笔下。

《野兽之美》是一本谈动物的书。我对于动物的了解，全靠看电视。不知道别人怎么样，反正我不太喜欢去动物园。中国人了解动物的方式，更多的是在餐桌上。换句话说，我们只知道动物的滋味，而不知动物的习性。

平时津津乐道，是什么肉好吃，什么肉不好吃，我们甚至都知道应该怎么烹饪。人也是一种动物，理智上，文明人都明白。按照进化论的观点，人只是幸运地成了竞争的胜利者。弱肉活该被强食，感谢造物主的安排，人的牙齿没有狮子老虎厉害，没有猪和狗那么灵敏，不能像老鹰一样在天上盘旋，然而最后主宰世界的偏偏是人。

人类有个其他动物所不具备的大脑，人类的胜利，就其本质来说，是精神的胜利，是思想的结晶。对动物的观察，其实也就是对人类的观察，是对生命本质的重新审视。阅读《野兽之美》是一种享受，这是本让许多从事文学创作的人，感到汗颜的科普作品，事实上，它比很多作家写的文字更文学，更生动，更耀眼，也更耐人寻味。

作家在今天正变得很糟糕，我忍不住会悲哀地想，现在当作家容易，是因为许多优秀的人才，并没有从事写作专业，他们把自己的精力，投身到别的更有趣的事情上去了。作家不是没有对手，而是许多人并不乐意以作家为对手，这真让人有些胜之不武的感觉。我在大学读书的时候，就已感觉到文笔最好的，既不是中文系的教师，也不是中文系的学生。那些优美的文字，大多数专业作家根本就写不出来。

在许多方面，自以为是的人类对动物仍然一无所知，这种无知的盲点，同样意味着人类对自己认识的窘境。《野兽之美》的作者是一位美国人，因为这一类的文章，曾获普利策奖。这本书说的是最前卫的分子生物学知识，高深莫测的课题，轻而易举就说清楚了，正是这本书的魅力所在。

1993 年 2 月 14 日

《卡拉马佐夫兄弟》

最早见到的《卡拉马佐夫兄弟》，是那种装在硬匣子的小本子，厚厚四本，比通常小 32 开还要小一号，这是过去年代里的精装书，其形式有些像线装书的装帧，译者仍然是耿济之。耿先生是老资格的文学研究会的主要成员，应该属于我祖父那一代的人物。

放在我床头的是人民文学出版社 1981 年新版的《卡拉马佐夫兄弟》，睡觉前，觉得没什么书好看，忍不住会把这书抓起来翻上几页。在外国小说中，这应该是最重要的一本书，只要用心看，每次多少都会有些体会。我一向反对教科书和必读书，不过，这本书太应该成为教科书和必读书，只要有可能，最好能读一读，必须要读一读。

陀思妥耶夫斯基对现代小说家的忠告，是用不着玩什么雕虫小技。技巧这个词在《卡拉马佐夫兄弟》面前，显得十分小家气。小家气差不多是当代小说家的通病，有的作家喜欢说非常“大气”的豪言，可是自己干的活，仍然非常小家气。最让人咽不下这口气的，是那些动辄呼吁大家气的某些评论家，他们其实比小说家更糟糕，更小家气，对小说压根就没感觉。把“大作家”挂在嘴上，本身也成了一种雕虫小技，根本戳穿不得。

陀思妥耶夫斯基对世界文学的影响巨大。有一点让我始终想不明白，时间上，《卡拉马佐夫兄弟》的英译本，比中译本早不了许多，影响力度却不可同日而语。作为上个世纪的一座高峰，西方作家真正模仿陀思妥耶夫斯基的人并不多。本世纪文学的主旋律是疯狂创新，有作为的西方作家在保持对陀思妥耶夫斯基的一份敬重之外，求新上不遗余力，然而万变不离其宗，总能在精神上找到与陀思妥耶夫斯基的神似。

中国的情况并不是这样，我们的小说中，很少能见到陀思妥耶夫斯基似的悲天悯人，和大多数西方对东方的影响大同小异，除了形似，很少见到神似的东西。我们总是一茬又一茬地学习模仿，总是在追求最新最时髦的玩意，世界文学流行什么，就投其所好地学什么。

人家是创新，我们是仿新。过去的年头里，我们学批判现实主义，学两结合的创作方法，学现代派，学意识流黑色幽默存在主义，学海明威学博尔赫斯学昆德拉，总是虚心地在学，然后很狂妄地觉得自己很新潮很牛。

《卡拉马佐夫兄弟》是那种读了让人哑口无言的作品。读了这本书，说什么也多余。

1998年11月18日

《情感的迷惘》

“文革”后期，父亲被抄的书归还了，一时间，借书的人多起来。父亲一生中最心痛书，别人借，不好意思红脸，心里总不愉快。当时借书的，有尚未恢复工作的省长和省委副书记，有知青，有中学老师，有油漆工，有人很爱惜书，也有人借了不还，今天回想起来，那时候借书的，还真都是读书人。

有一天，来了一个陌生人，自称父亲的熟人介绍，来了就吃饭，吃了饭，父母去上班，由我陪着聊天，聊到后来，我也得去上班，来人还是赖着不走，只好关照他走时别忘了把大门锁上。第二天，父亲发现书橱里的书少了，吃准了是这人拿的。

母亲害怕冤枉人家，可是父亲犯了书呆子脾气，立刻用商量的口吻写信给熟人，过了一阵，在熟人的督促下，窃书者乖乖地将一大包书寄了回来，中间夹了一封信，没有一句是检讨，用词愤愤不平，大意是你们这些有书看的人，根本不知道没书的同志的苦处。

这一包书中，我印象最深的是一本《译文》，上面刊载了茨威格的《一个女人一生中的二十四小时》，我那时正好十八岁，已记不清将这部小说看了多少遍。这是祖父向我推荐的不多的几部中篇之一，记得自己曾老气横秋地对祖父说，他没骗我，这小说果然不错。祖父晚年，曾写信给父亲，想重读一些作品，这本《译文》便是其中之一。

转眼二十多年过去，祖父已过世，父亲也不在了，回首成长岁月，再也没什么比书的启迪更重要。茨威格显然不是最出色的德语作家，但是即使不算是顶尖选手，知名度要打点折扣，他留下的文化遗产，也仍然足够后人咀嚼。

茨威格留下的优秀中短篇，差不多都收在了新版的《情感的迷惘》中，重读这个新选本，情不自禁感慨万分。这位与鲁迅同龄的德国犹太作家，最让人耿耿于怀的是不幸的晚年。茨威格流亡在外，没有被纳粹送进集中营，然而却失去了他的母语环境，对于作家来说，这是最残酷的一件事。

茨威格最后是自杀的，每想到这一点，我的心就忍不住颤抖。本质上看，茨威格是一个古典意义的作家，他的小说以细腻见长，能很好地进入女性的心灵深处，对女性的了解甚至超过了女人自己。他小说中女人的爱，让读者难以忘怀，这也是他的小说至今仍有销路的原因。现在的书太多，大家都有书看，不能代表大家都看书。不过，茨威格的作品还能卖，怎么说也是好事。

1999年1月24日

《驳圣伯夫》

喜欢这本书是缘于偷懒，我不得不承认，普鲁斯特的《追忆似水年华》是一本很难读完的大书，实在是太长，长得让你不知不觉便中断了阅读。好书并不意味着必须从头至尾老老实实一字不漏地读完，对于我来说，阅读《驳圣伯夫》，乐趣并不亚于《追忆似水年华》。

不妨把《驳圣伯夫》当作《追忆似水年华》的简写本来读，这是一位优秀作家两本并列的书，存在着互文的关系。我喜欢《驳圣伯夫》，理由在于它既不是地道的小说，也不是纯粹的理论著作，它介于两者之间，既是又不是。

这是一部小说家展示理论才华的书籍，把它放在写作的同行面前，《驳圣伯夫》难免炫技，到处闪烁着思想的光芒，正是这些灿烂的发光点，使得伟大的普鲁斯特有别于其他小说家。普鲁斯特漫不经心地举起了长矛，向当时法国最著名的理论权威圣伯夫进行挑战，我不能说普鲁斯特在战斗中大获全胜，就仿佛观赏精彩的足球赛一样，我无疑已经成为普鲁斯特最忠实的啦啦队成员。

出远门之际，我常常把《驳圣伯夫》放在身边。有了这本书，旅途的寂寞和会议的无聊，都会变得可以忍受。如果有一天被囚禁，我一定会提醒自己的家人，探监的时候，无论如何别忘了在包裹里多塞进一本《驳圣伯夫》。

真金不怕火炼，好书不怕反复读。《追忆似水年华》显然是本世纪最出色的一本书，而《驳圣伯夫》的意义在于，它证明普鲁斯特不仅是优秀的小说家，同时还是卓越的理论家。并不是所有的小说家都具有理论素养，但是普鲁斯特用他的这本小书，无可争议地说明了一个事实，第一流的小说家，他是而且必须是第一流的理论家。

换个角度想一想，说《追忆似水年华》是一部理论著作，丝毫不过分。作为后来的作家，这部巨著的指导意义，不在于说了什么样的一个故事，在于怎么样说故事。普鲁斯特只不过是用小说的方式，表达对小说理论的看法，正如一些优秀的理论家，以理论的方式来描绘小说。

小说创作和小说理论之间，从来就不存在着鸿沟，创作和理论都是为了更接近真理。《驳圣伯夫》虽然说的是理论问题，同样可以当作一本小说来读，阅读本身就是一门艺术，没有阅读的革命，也就没有小说自身的革命。

1999 年 3 月 4 日

《冠军早餐》和《囚鸟》

也许美国人喜欢用早餐做书名，印象中，起码有两部好小说和早餐有关，一本是卡波蒂的《在蒂法尼进早餐》，另一本就是冯内古特的《冠军早餐》。《冠军早餐》和《囚鸟》是冯内古特不同时期的两部长篇小说，或许不太长的缘故，出版社将它们合二为一，变成了一本书出版。

冯内古特的作品，对中国当代文学有非常广泛的影响，尤其是对年轻人，我读大学的时候，黑色幽默被列在西方现代派文学的最后，人们谈完了超现实主义、意识流、存在主义、法国新小说、拉美文学爆炸，总忘不了说说黑色幽默。黑色幽默在当时，有些像今天的新生代，或者说七十年代作家群，最新，因此似乎也最流行。十几年前，写作心态不好的人，一夸他作品中有点黑色幽默，立刻觉得很时髦很得意。

我喜欢《冠军早餐》的叙事风格。男主人公科幻作家屈鲁特，居然得了诺贝尔医学奖。如果不是译误，就是黑色幽默，一个从事文学创作的人，最终获得了医学奖。在得奖的七年前，屈鲁特住在纽约州科荷斯地下室里，以安装铝合金防暴门窗为生，没有人知道他是谁，同事和老板根本不能想象他会是作家，已经写了一百七十部小说和两千篇短篇，这些作品都登在那些乱七八糟的色情刊物上。

屈鲁特当然不是色情作家，他的科幻作品和色情无关，出版商不过是利用了他的文字，为了赚钱的目的，将他的书包装成了淫秽作品。很多人买屈鲁特的作品，不是因为书的内容，而是书中的色情图片。

屈鲁特的文字生涯正好走过了这么一段路程。他开始写作的时候，色情图片很有销路，淫秽两个字，是最好的包装，可惜到了后来，随着性的开放，色情的价格一落千丈，读者再也不会为了春宫图片去买一本书，当年，人们去买屈鲁特的书，因为里面有这样的图片，现在，屈鲁特的书已经变得很不值钱，过去要花十二块钱才能买到的一本书，如今值一块钱，这一块钱就是屈鲁特小说的真实价格。对于作家来说，这是个十分尴尬的现实，然而情况就是这样，又有什么办法。

冯内古特的想象力丰富，他小说中的细节，是黑色幽默最好的例子。看他的小说，总是忍不住要笑，阅读中的笑也是一种被打动，即使笑之后仍然是悲伤，是莫名的绝望。美国人的幽默实在值得学习，我们很多文章都喜欢板着脸写，然后让读者板着脸看，仔细想想，有什么必要。

1999 年 4 月 14 日

《一个无政府主义者的意外死亡》

达里奥·福和我父亲同年，生于一九二六年，他因为戏剧创作获得了诺贝尔文学奖。我父亲在漫长的文学道路上，也有过二十多年的职业编剧生涯，尽管成就无法比拟，但是读达里奥·福的剧本，总忍不住想起我父亲，忍不住想起中国的职业编剧。

《一个无政府主义者的意外死亡》创作于一九六九年，这一年，意大利米兰火车站发生一起爆炸案，警方逮捕了一名犯罪嫌疑人，一名叫皮内利的无政府主义者被指控，结果在审讯期间，突然从楼上摔到地面上意外死亡。达里奥·福在左翼记者和律师的及时帮助下，深入第一线调查，以这真实事件为素材，创作了这个剧本。

剧情中，一名喜欢扮演各种角色的“疯子”，在警察局偶然接触到了“意外死亡”的卷宗，他扮演成最高法院的代表复审此案，终于让观众洞悉此案的全部内情。事实是，警方对拘捕者严刑逼供，将其折磨致死，又从窗口扔到街上，然后向媒体宣称他畏罪自杀。

这出戏因其巨大的真实性和尖锐性，反响非常强烈，在两个戏剧季节里，该剧连演三百场，观众超过三十万人次。真实和尖锐能够吸引观众，显然也会得罪当局。达里奥·福是一个具有强烈正义感的剧作家，因为自己的戏剧创作，屡屡受到审查机关的刁难，甚至受到死亡的威胁，他的幸运只是在于，没人能真正地阻挡住他。

诺贝尔文学奖一向以远离政治为标榜，事实是，这个奖从来没有真正地离开过政治，评委会曾将奖颁给了帕斯捷尔纳克，颁给了索尔任尼琴，颁给了曾经进行过“文学罢工”的马尔克斯。不管怎么说，文学仍然离开不了政治，关键是以什么样的姿态面对政治。一九九七年诺贝尔奖颁给了达里奥·福，既是对作者针砭时弊的褒奖，同时也是对其文学创作中的批判姿态予以肯定。

1999 年 4 月 17 日

《叫魂》

这本书的副标题是“1768年中国妖术大恐慌”，作者孔飞力是一位的地道美国人。七十年代后期，著名的汉学家费正清教授从哈佛光荣退休，顶替空缺的正是孔飞力，在西方的中国史研究中，哈佛大学的权威性不容置疑。

中国人对汉学家的态度一直很暧昧。对于某些从事文学事业的人来说，汉学家手上似乎捏着诺贝尔奖的生杀大权，也许太当回事，结果一些所谓汉学家简单地成了二道贩子，吃香喝辣，其实一窍不通。难怪前一阵新生代作家们搞调查，把汉学家一顿糟蹋，骂得狗血喷头。

平心而论，汉学家并不都是文化掮客。西方人研究中国，很多优势我们无法具备。不识庐山真面目，只缘身在此山中，熟视往往无睹，不得不承认，有时候借助洋人的眼睛，可以轻而易举地看到我们鼻子底下最容易忽视的东西。观点不同，立场不一样，看的也就不一样，此外，方法的不同，得出的结论也会不一样，必须老老实实地承认汉学家的学术地位，换句话说，我们得学人家的观点和方法。

《叫魂》是一本非常出色的历史著作。中国治学的传统，向来有文史不分家之说，从这一点看，《叫魂》也是一本很好的文学作品。孔飞力先生一共只有两本汉学专著，此前的一本是《中国帝制晚期的叛乱及其敌人》，两部专著都被认为是开学术研究风气之先的作品。正如译者在后记中写的那样："《叫魂》则表现出了一种更为宏大的学术视野，在构建以'叫魂'案为中心的'叙事'的过程中，在方法论的层次上将社会史、文化史、政治史、经济史、区域分析、官僚科层制度分析以及心理分析等研究方法结合在一起。"

应该感谢孔飞力先生为读者提供的这次阅读机会。二百多年前，一场并不存在的妖术恐慌，在中国大地漫延，上至帝王，中间是各省官员，下至平民百姓，都搅得不得安宁。规模浩大的除妖运动因此展开，因为无中生有，所以一切变得非常荒诞。为什么会对无中生有的东西，产生那么大的恐慌，这是中国大历史中最耐人寻味的一个章节。除妖运动和后来形形色色的政治迫害，有着千丝万缕的联系，剖析"叫魂"这一点，可以接触到社会生活的全面，在精彩生动的叙说进程中，孔飞力对中国各阶层人的心理状态，进行了最有说服力的分析。正是由于这种独到的分析，《叫魂》获得了"李文森中国研究最佳著作奖"，得奖评语恰如其分："本书对于专制统治的原动力做了细致、强有力却依然十分准确而又得体的探讨。"

1999 年 5 月 4 日

《文明的历史脚步》

买这本书完全是因为韦伯的名气，现在很多中国学者写文章，情不自禁地就会拉出韦伯撑腰。引用他的语录正在成为时髦，记得在大学读研究生时，一位美籍华人学者来讲座，提到国内新出的某本专著，开头的第一句话，是马克思教导我们，不要迷信一切权威。这似乎是一种幽默，是迷信别人说的不要迷信，结果仍然还是迷信。

不由地想起二十多年前的学风，那时候写文章，总是马克思怎么说，动不动引用《资本论》，要不就是异化，就是存在主义。以纯粹的学术观点看，仅仅承认对毛泽东的个人崇拜，仅仅反思一下“文化大革命”，远远不够。

我不觉得《文明的历史脚步》是一本多么了不得的书。韦伯生于1864年，卒于1920年，因为对东方的深入研究，他的一系列作品，在西方产生了广泛影响。为什么西方的资本主义文明不能在东方漫步，为什么东方产生了资本主义萌芽，不能正常孕育，结果总是胎死腹中，韦伯的意义在于他比别人更早地想到了这些问题。这些今天已经变得很流行的问题，在韦伯苦苦思索的那些年代，甚至于在他死去的很多年里，并没有多少人在认真思索研究。

我对韦伯知道的还是太少，就他谈到东方的一些文章来看，或许结论是正确的，然而从举证的角度来看，多少有些勉强。韦伯的文章在西方有很大反响十分正常，东方是一个谜，西方人想了解东方，韦伯的分析判断，很自然地就成了解谜的钥匙。韦伯毕竟不是我们常说的那种汉学家，和同样是德国人的马克思恩格斯一样，韦伯是社会学家，是历史学和经济学家，他的思想是大学里的必读课本，而关于他的讨论，最合适的地方，也是在大学课堂上。

无法预测资本主义的回光返照究竟有多长，韦伯当初感兴趣的，或者只是想考察一下资本主义文明，研究它在东西方的不同境遇，它走过了什么样的道路，留下了什么样的足迹，更重要的，是还可能走多远，最终走向何处。这些问题并没有完，仍然值得今天的人去思索，去讨论。

1999年5月3日

《悬壶外谈》

自小读书就杂，什么书都喜欢胡乱翻。上了大学以后，这种毛病没有改，反而更甚。自以为天下没有不能读的书，记得有一段时间，社会上流行萨特，有文化的人开口存在主义，闭口他人即陷阱，我听着嫌烦，关门只读两种书。一种关于烹饪方面的，琢磨别人怎么吃；一种是古人的医书，看古代的医生如何说医道。

这两类书中，有很好的小品文。譬如医书，看中医和西医处方上的汉字，就可以知道两种文化的截然不同。西医的字一般得去猜，现在稍好一些，过去西医常把汉字写得像密电码，除了医生和药剂师，谁也不认识。中医的情况就不一样，越是老中医，字越漂亮。

小时候，我家住在南京的古旧书店附近，父亲带我去购书，不止一次遇到省中医院的几位头牌医生。当时的一位院长和父亲很熟，每次都用顽固不化的无锡乡音打招呼。老院长逛书店的目的是为了淘字帖，他当年开的处方，现在完全可以当书法作品裱起来挂墙上。记得有一次我到老院长家送戏票，老先生很高兴，当即研墨，挥毫，写了一封短信，自然是文言，之乎者也，写好了，不满意，换一张，重写。

古老的中医是中国文化中很有趣的一部分，不少医学著作可以当作文学作品来阅读。我对医道谈不上研究，偶然看到《悬壶外谈》，顿时产生了一种非常兴趣。正儿八经的中医著作我读不懂，那是专门的书，是教材，要看只能看一些擦边的书，而且还知道“臭味相投”，爱看擦边书的人也不少。

《悬壶外谈》是一本有趣的书，书首先有趣，人才愿意读。中国人凡事讲究浑成，讲究以小见大，三百六十行，行行出状元，行行干好了都能治国平天下。谈到中医，常听见的一句大话就是“悬壶济世”，医生悬壶能否济世，仿佛作家写作能否终极关怀，这说不准。天下毕竟没有治百病的药，我很喜欢这么一句对联，“药圃无凡草，松窗有秘书”，只要能对症，最不值钱的小草，也能治病，而所谓记载着家传秘方的古书，并不难找，它就在我们的手边。

现代人遇到的尴尬，是没有真花时间花精力，去发现去钻研那些手边的书。书上的道理，有时候，反复琢磨才能明白。判断一本书好坏的标准，通常看里面有没有琢磨。既看作者是不是在琢磨，也看是不是还能让读者琢磨。绝对的好书坏书不存在，存在的是能否耐人寻味，充满琢磨。

1998 年 10 月 25 日

《新华字典》

在阿城的《孩子王》中，一名知青当上了山村小学的代课老师，因为揣着本《新华字典》，他顿时成了孩子王，成了十足的人物。这字典成了镇山之宝，一名用功好学的孩子，跟老师借了《新华字典》夜以继日地抄。这情节耐人寻味，我一想到那孩子不计后果孜孜不倦地抄字典，就忍不住感动。小小的《新华字典》，实际上已成了知识的代名词，我不知道没有《新华字典》会怎么样，对于大多数识字的人来说，不起眼的字典就在我们手边，成为日常生活的一部分，有时候，正是因为太平常，所以往往会忽视。

《新华字典》排名感动共和国的五十本书之一，应该说当之无愧。不过把它当作一本书来排名，是典型的中国特色。我想倘若《新华字典》有思想，一定会受宠若惊。再也没有比《新华字典》更经济实惠的老师了，在广大农村、在兵营、在学生书包里，在教师枕头边，在领导干部的书架上，《新华字典》随时准备解答我们的疑问。有了一本《新华字典》，等于聘请了一位再也不用花钱的教书先生，排难解惑成了《新华字典》当仁不让的义务。人的知识总有限，谁都会遇上不认识的字，我们常说某人有水平，水平再高，也不过是表扬他《新华字典》上的字都认识，尽管这事实上不太可能。

“文化大革命”刚结束，有人捧着一大包稿件，来找祖父，希望能推荐出版。我们家常常会遇上这样的人，记得是伯父接待的，印象最深是那个人的执着，口齿不清喋喋不休，诉说自己编撰的这本字典怎么好，而广为流行的《新华字典》又如何不好。说到后来，差一点和伯父吵起来，我至今都忘不了那人临走时的愤怒，虽然已为他提供该找的有关部门，告诉他可以去找谁还有谁，然而他还是不满足。或许在他心目中，我们家就是出版社，祖父或者伯父说他的字典能出版，就一定能出版，而且必须应该出版。他布满皱纹的脸上，洋溢着一种被扼杀了的天才表情，既目空一切，又悲哀无望。

自从《新华字典》问世，出现过无数个挑战者。我见到的那位，只不过是发明了新编码，他表演给人看，弄得人眼花缭乱。和已有的检字表相比，他的新编码看不出什么更多优点。那时候还没有复印机，他显然买了好多本《新华字典》，用剪刀裁成一条条，到处贴。他似乎并没有考虑到是否侵权。在那个年头里，版权还算不上是什么问题。这人只是固执地觉得自己设计的编码更合理，更简便，更可能造福于人类。

《新华字典》是一本体现集体智慧的书。记得祖父曾经说过，编字典最不能含糊，看上去不过一本小小的书，凝聚了很多人终生的心血。字典是人类精神文明的积累，受祖父影响，我对各种形式的字典，一直敬若神明，如果手头没有一本字典，就仿佛去商店购物，身上钱不够一样，写作时总感到不踏实。记得有记者问案头常放什么书，我回答是字典，记者忍不住笑起来。我不知道他为什么要笑，或许觉得我在说谎，或者觉得案头只是放一本字典，太没文化。

从来不觉得经常向字典求教，是件丢面子的事情，人永远无知，有时候有百分之九十的把握，我仍然乐意再查一次字典。再没什么比查字典更容易了，知之为知之，不知为不知，证实自己或对或错，怎么说都不能算没意义。我不是个有信心的人，总觉得一个人再牛，也牛不过字典。《新华字典》从诞生之日起，就注定为人类服务，能被它服务，很快乐。

1999 年 7 月 7 日

《拒绝遗忘》

最早知道钱理群，是一本关于鲁迅的论文集，大约八四年前后，我还在读研究生。钱先生是我们这些刚进入现代文学研究领域的书呆子的学长，当时大家很狂妄，宿舍里煮酒论英雄，探讨未来的现代文学研究，认定有出息的人中间，钱先生将是个重量级的优秀选手。

一直很关注钱先生的文章。现代文学研究是一门庞大臃肿的学科，说句不知轻重的话，虽然到处都是博士点硕士点，吃干饭的人太多。很多人美其名曰“突围”，向当代文学研究转移，因为现代文学已没什么学问可以做，该翻案的都翻案了，甚至不该翻案的也跟着浑水摸鱼。现代文学研究的目的性，从来没有很好解决过，有人把它当政治教科书来做，有人把它当作明星排行榜，还有人把它当作了军阀割据的地盘。

连续几个晚上都在读钱先生的《拒绝遗忘》，仿佛重新回到了学生时代，越读越感到亲切，书香扑鼻。“拒绝遗忘”是钱先生很好的一个学术基点，很显然，他并没有完全远离政治，远离的只是传统意义上的政治。钱先生的文章中，有一种忍不住的政治倾向，事实上，拒绝遗忘四个字就是旗帜鲜明的政治观点。今天是一个对政治反感厌恶的年代，反感厌恶的典型特征恰好是遗忘，钱先生的观点一针见血。

夏志清先生评价巴金，说他十八岁时有了一种理想，从此始终不变，粗看起来，显得很天真，然而这种天真从少年能保持到老年，就是一种不同凡响的高境界。在一个不断变化的时代，世界观始终不变往往会落伍，适者生存，不接受新的先进思想，固守一种理想境界的人，非常容易过时淘汰。历史总是给那些脑筋转得快的人提供机会，识时务者为俊杰，巴金成名后，不乏狂热的文学爱好者，然而的确也有人觉得他幼稚，老是反封建，二三十年代是这样，“文革”已经结束了，到八九十年代，还是老一套，还搞什么自我忏悔。

聪明常被聪明误，钱先生这本厚厚的自选集，它的阅读对象，不只是从事现代文学研究的同行，那些喜欢或者希望让自己变得有文化的人，都应该读一读。拒绝遗忘应该成为当代人的一种姿态。流行的“让过去的都过去”，是一种潇洒，是一种超脱，其实更多的是自欺欺人。

历史不是一泡屎，拉在马桶里，放水冲掉就算完事。历史是一条流动着的河，它的未来和过去，紧密联系，永远也分不开。

1999 年 8 月 21 日

《饮冰室主人自述》

一九一九年初，梁启超先生乘“横滨丸”去法国。从海上去西方，是一次非常遥远的旅行。自登船起，梁启超开始学法文，每日起床极早，一边看日出，一边背诵法文单词。数小时后，开始看东洋书，那时候，要想了解西方，最好的办法是借助日文书籍。这一年，梁启超已经四十七岁，考察他前面走过的路，可谓声名赫赫，十七岁中举人，十八岁成为康有为的弟子，二十三岁参与“公车上书”，创办《时务报》，成为戊戌变法的重要领导人。以后亡命海外，继续奔走，推翻清朝统治的辛亥革命，反袁复辟的二次革命，他都扮演了十分吃重的角色，是中国近代史上不得不提的人物。

四十七岁的梁启超足以躺在功劳簿上睡大觉，但他虚心好学，一辈子如此。梁启超拜康有为为师，康有为年龄虽长，考上举人，却在弟子之后，梁启超中举时列第八名，四年以后，康有为中举，恰巧也排在第八名。纵观梁启超的一生，活到老，学到老，不仅直接投身于政治，而且著作等身，虽然只活了五十六个春秋，留下的文字竟然以千万来计算。梁启超这次去欧洲，一年多的时间里，学法文学英文，发奋当学生，除了“礼请柏格森专为我讲哲学”，还去大学旁听《战时各国财政及金融》《西战场战史》《法国政党现状》《近世文学潮流》等课程。

人们今天谈起“五四”运动，总说北大学生如何如何，其实梁启超是十分重要的幕后人物。巴黎和会上的种种内幕，当时国内的大学生并不知道，最早把消息通报国内的就是梁启超，此时的梁启超人在巴黎，正以观察员的身份，密切注意巴黎和会的进展。四月底，巴黎和会把德国在山东侵占的一切权益移交给了日本，梁启超立刻致电国内人士，警告政府，严责各全权代表，万勿在和约上签字。

爱国人士幕前幕后策划，声势浩大的“五四”运动，终于在北京爆发，我们习惯于说这是一场学生的自发爱国运动，事实也不完全是这样。就当时的北洋政府来说，一方面对游行示威进行了镇压，另一方面也有默许的成分，国内抗议的呼声，有利于中国代表拒绝在和约上签字。北洋政府“批准”了曹汝霖、陆宗舆、章宗祥的辞职，六月二十八日巴黎正式签订《凡尔赛和约》，中国代表团没有签字。

《饮冰室主人自说》是一本后人编辑的人物自传，材料来源于《饮冰室合集》以及大量已刊和未刊的信札，与传主直接为发表而写的自传相比，这本书显得有些零乱，但是毕竟源于第一手资料，较之他人写的传记，更真实可信，也更能见到曾经风行一时的“梁任公文体”的神韵。

1999 年 9 月 8 日

《词语》

见过好几个版本的萨特自传，三联版《词语》最有特色，正文后附有萨特著作目录及提要，由国外的萨特研究者编撰，具体编排方式，有些像中国的年谱，言简意赅，对进一步深入了解传主极有帮助。

和许多有名的自传一样，《词语》也是一本没有完成的自传。说白了，只是萨特的童年自传，和常见的自传不同，它并不以有趣的轶事见长。正如译者潘培庆先生说的那样，这部自传的意义，只是在于它的文化性质。它注定不是一本轻松的书，中间夹杂了太多的议论，跳跃也比较大，从写作到出版，《词语》经过了整整十年，充分反映了作者矛盾和重视的心理。

以萨特的名声，这本书随时随地可以问世，可事实就是拖了很久很久，最后还只是一个半成品。

萨特把自己的童年，或者说是把自己的一生，分成两个不同的部分。一部分是读，另一部分是写，无论是阅读还是撰写，都是在和词语这个人类文化的符号打交道。萨特早年丧父，他的童年是在“一个老人和两个女人中间”度过的，这个老人是他的外祖父，一位家里拥有许多书籍的语言教师。

萨特在书的环境里长大，阅读是他童年生活中的一个重要场景，在字还没有完全认识的时候，便已经开始在书的海洋之中航行，此后，他的一生都在水里挣扎，书海无岸苦作舟，阅读成了他无法摆脱的宿命。童年生活过分孤独，没有小伙伴，已故的作家们便成了他的朋友。萨特在书本中开始了自己的生活，对于他来说，词语的世界才是真正的存在，而现实的世界只是词语世界的“摹本”。

撰写成了萨特的另一种生活。他为写作同行们下了定语，“干我们这一行的都一样，都是苦役犯，而且还文了身”。在词语的宫殿里，他既是自己的主人，又是词语的主宰。早在还是一个七八岁的孩童时，萨特就发现了运用词语的奇妙魅力，在他最初撰写的故事中，“作为英雄，我与各种暴政作战，而作为造物主，我又把自己变成了暴君”。想象给了萨特最大的满足，而用词语把想象固定下来，便成了他征服世界最有效的一种手段。

有些事实说出来可能会很尴尬，是读和写这两种简单的生活，使萨特成其为萨特。纵观萨特的一生，或许多少也能找到一些“体验生活”的影子，当过兵，打过仗，做过俘虏，参加过抵抗运动，有过很多女人，但是与阅读和撰写相比，其他种种经历都显得微不足道。

1999年9月9日

《回顾五四》

这本书很厚，近五十万字，定价也不便宜。阅读的兴奋点，自然是书的后序，后序很长，加上“附记”“又附记”，加上叶遥的《我所记得的有关胡风冤案“第一批材料”及其他》，差不多二百个页码，可以单独出一本书。

八十年代中期，我在出版社当编辑，有一次去上海组稿，拜访了好几位胡风分子，他们都平反了，新岗位上得意春风，发挥余热，但是只要和他们在一起，就能听见或者感受他们曾经遭受过的苦难。我想这些人是不愿意提起舒芜的，一旦提到，也不会有什么好话。

胡风分子的苦难永远是一种参照，在这种巨大的苦难面前，舒芜说什么也没用，将永远被钉在耻辱柱上。不过有话还得说，不让人说，这不对，起码不理智。舒芜不得不承认，因为他的那篇《关于胡风的宗派主义》，即后来改名的《关于胡风反革命集团的一些材料》，导致了大冤狱，结果“那么多人受到迫害，妻离子散，家破人亡，乃至失智发狂，各式惨死”。舒芜不得不承认，他对于胡风分子的苦难，“有我应负的一份沉重的责任”。

胡风分子是一大帮人，不可能因为舒芜的一点认错，就宽恕，就相逢一笑泯恩仇。这是不可能的，也没有必要和稀泥。历史就是历史，那种“过去的就让它过去”的态度最要不得。《回顾五四》这本书，出版时遇到了一些预料之中的挫折，上海的一家出版社已经准备付印，然而因为这样那样的原因，书竟然不能出，不让出版。

这是坏事，也是好事，舒芜为了能出这本书，委曲求全，做出重大让步，根据出版社的要求，将后序中引用的胡风信删去，删去了，最后却还是不能出，于是索性换了一家出版社，将已删了的信重新补上。

对于读者来说，这真是幸运。信是个人隐私，公开发表，法律上应该怎么看，另外一回事。胡风曾经为信件吃了大苦头，他做梦也不会想到，作为“受难的思想斗士”形象，死后还会被当年留下的信所伤害。

也许这就是胡风的悲剧所在，读者想了解一个真实的胡风，为了真实，其他便可以退求其次。读者自己会，也有能力分析所看到的文字。时至今日，大量的纪念文章问世，胡风又可能被另一种不真实所笼罩，五十年代大批判，是一种声音，胡风平反了，纪念胡风，又是一种声音，如果读者永远只能听到一种声音，这很无聊。

1999年11月27日

《海外访史录》

去新华书店，总喜欢找历史书，见到《海外访史录》，翻了几页，顿时爱不释手，买回家，一连快活了好几天。这是本有趣的书，一边看，一边向朋友推荐。在游泳池游泳，碰到一位熟人，是研究民国史的年轻教授，很认真地向他打听作者的情况，并一本正经力荐此书。

大学读书时，虽然念中文系，颇眼红历史系的课，我曾经选修过《太平天国史》，选修过《国民党党派》，同学笑这是吃饱了撑得慌，文科生通常选修《红楼梦研究》或者《唐诗讲座》捞学分，那种很专门的历史课，即使历史系的学生也未必愿意上。

我从不掩饰自己浓厚的历史兴趣，实际上，自从进了大学，我就后悔走错了教室。中文系太多没意思的课程设置，平心而论，一部分老师教的文学课，毫无文学细胞，成天就知道唠叨主题和中心思想。

中国的老祖宗讲究文史不分家。这是一个很好的传统，从事文学工作，没有史家的眼光不行。我喜欢历史学家，很重要的原因，在于治史的朴学方法。文学工作最容易出混子，有人喜欢说作家没学问，其实大学里教文学的，有相当一部分人也没学问。

有的作家文章很糟糕，研究他的人却可以当名教授。搞历史的人却不能这样，历史学研究的是已逝的过程，一切必须是曾经发生过的，容不得胡乱想象，“一事不知，则一事缺如”。研究历史，全靠史料说话，要实实在在读书，认认真真收集，然后进行分析，整理，要下大功夫，花苦力气。

我对杨天石先生没太多了解，《海外访史录》是我读到的第一本书，由此可见自己的孤陋寡闻。这是一本很有分量的著作，看上去漫不经心，读起来轻松，掩卷却让人深思。首先，海外对历史资料的重视，保存之完好，足以让我们汗颜，或许有一天，研究中国历史都得到外国去。其次，一个人必须有很好的识力，否则身入宝山，也只是空手而回，因为仅有史实，仍然做不好历史研究，仿佛光靠菜谱不能做菜一样。这些年出国的专家学者太多，杨先生在海外所见，并不是什么最高机密，也不是什么绝密档案，海外的档案资料开放程度很高，只要是有心人就能看到。

在今天，行万里路，已远离了古人的原意，能出国，成了一种待遇，成了某些人公费旅游的机会。为什么杨先生能写这么一本书，别人就不能，道理很简单。

1998年12月23日

《我的留学记》

一位和巴金同岁的日本人，二三十年代来中国留学。有趣的是，这期间，巴金却去了欧洲，同样是留学，反映了两种求学精神。去西方，更多的是为了取火，为了借鉴西方文明，改造自己国家。来中国则完全不一样，虽然都是东方人，日本人眼里，中国的现实非常落后，落后必不文明，在这样的国度，现实没什么可学习，该注意的也许只是它的历史文明。

这个日本人叫吉川幸次郎，后来成为著名的汉学家，一生著作等身，对中国文化，尤其对中国的古代文学，有很深的造诣。日本人通汉学，并不稀罕，能够引起我兴趣的，是他对当时中国现实的描绘。通过对留学生活的追记，北京和南京这些文化古城的流风遗韵，十分生动地凸现出来。

吉川幸次郎在北京遍访名师，听了不少课，后来到南京拜访黄侃，黄对北京的学者恶毒攻击，说："那么无聊的课，你竟听了这么长的时间！"吉川在北京积累了许多问题，请教许多学者没有答案，到了南京，立刻迎刃而解。黄侃学问的渊博，让吉川很感动，很佩服。

黄侃的确了不起，本事大了，脾气就坏，狂得根本不把同时代的学人放眼里。他喜欢说别人做学问是“凌虐古人，欺骗今人”，并且根本不在乎别人怎么看他。在当时的日本学界，普遍知道的只有皮锡瑞、罗振玉、王国维，中国的留学生涯，让吉川有机会大开眼界，名师出高徒，他后来成为新一代日本汉学中的佼佼者，与其留学期间大师们的熏陶分不开。

《我的留学记》中，有一篇《中国人的日本观和日本人的中国观》值得一读，文章不长，不过一万多字，剖析之精细，说理之透彻，是难得的好文章。中国人看日本人，总觉得没有传统文化，明治维新之前，是中国文化的翻版，之后，是全盘西化。这种看法相当幼稚，却相当普遍。日本人用汉字，就像英语借用希腊和拉丁字母，类似的偷懒是国际惯例。我们今天用的一些名词，有许多都来自于日本，譬如科学、哲学、思想，这不等于说中国从来就没有哲学和思想。

中国人对日本充满了误解，同样，日本人对中国的看法也不正确。错误的认识是造成冲突的重要原因，因此，如何加深中日之间的相互了解，便成了吉川做学问努力的方向，虽然他更多关注古典的中国，然而毕竟生活在二十世纪，他的兴趣很自然地就会转向中国的现实，而他所描述的现实，恰恰又是我们最容易忽视的一部分。

《猫和鼠》

格拉斯起码有两个理由，让目前的中国人知道他。首先是诺贝尔文学奖，这是文学界的大事，不管你是否喜欢他的作品，这是一位文学最高奖得主，是新科状元，媒体饶不了他。其次，他的小说《铁皮鼓》被拍成电影，在欧洲反响不错，获得戛纳电影节的金棕榈奖，又获奥斯卡最佳外语片奖，影响更了不得。只不过当年的媒体不像今天这么热闹嚣张，因此至今还见不到盗版的 VCD，事实上，我一直在地摊上留心这部电影，很多年前曾看过录像，真是一部不错的片子，很值得收藏。

格拉斯本来还有一件事可以使得他在中国流行，这就是小说中的性描写。一九六一年，《猫和鼠》出版不久，引发了一起“艺术和色情”的争论，这是继《铁皮鼓》之后，格拉斯最有影响力的一本书，但是攻击者为他扣上“色情作家”的帽子，认为《猫和鼠》在“道德方面毒害儿童和青少年”，因此应该列为禁书名单。出面要将其列为禁书的是一个州的劳动、福利和卫生部门，这是个一本正经的政府机构。格拉斯不服气，拉着出版社一起抗辩，专门聘请了五位专家，对《猫和鼠》进行审读，这种审读带有一定的喜剧色彩，结果以格拉斯的胜利结束。但是仍然有好斗的评论家揪住他不放，于是闹上法庭，双方针锋相对，各不退让，最后法庭做出裁决，禁止评论家“在文学批评以外的场合，将原告称为‘色情作家’”，格拉斯对判决很不满意，不满意也没办法。在法治国家里，法庭说了算，要生气也只好回家生气。

事隔多年，回头看这件事，大家都觉得那位揪住格拉斯不放的评论家很蠢，法庭也糊涂得够呛。时至今日，无论是西方的读者，还是东方的中国读者，都不会觉得《猫和鼠》有什么过分的色情描写。性是一个说不清楚的事，我们总以为西方人一向开放，其实六十年代初期，劳伦斯的《查泰来夫人的情人》的再版，也曾在英国发生轩然大波，而此时，这部以性著称的书，距离初版本已经有三十多年的历史。另一本美国作家纳博科夫的《洛丽塔》也是屡遭禁止，它在美国出不了，先在法国出版，然后才出口转内销，成为美国人的畅销书，据董鼎山介绍，到八十年代末，美国的城镇的图书馆里，它仍然还是禁书。

《查泰来夫人的情人》和《洛丽塔》在中国出版，都遇到了不同程度的麻烦，麻烦成全了两本书，使它们成为事实上的畅销书。《猫和鼠》就不会有这样的运气，尽管它是一本很出色的小说，完全可以和戈尔丁的《蝇王》相比美，那一点“性”如今已算不了什么，因此它的畅销也注定不可能。现在能支撑这本书的一个卖点，是诺贝尔文学奖，迟早有一天，这奖也蒙不了人。见怪不怪，《猫和鼠》最后将遇到那些真正的读者，他们不是奔性而去，也不是因为诺贝尔奖，而是因为其他的一些别的什么。

2000 年 4 月 12 日

《杜拉斯传》

在好几本杜拉斯的传记中，还真有些犹豫，吃不准该为哪一本说几句话。杜拉斯成为一种热门，是预料之中的事情，作为一个作家，话题性至关重要，进入传媒时代以后，反客为主的情形愈演愈烈。现代读者对作品本身，常常不如对作家本人的轶事兴趣更大，杜拉斯身上的事太多，对于传记作家来说，这是一个很好的卖点。

中国读者眼里，法国人最浪漫，而法国女作家中，最敢胡闹的也许就是杜拉斯。早在还是一个女孩子时，她便是个问题少女，到了晚年，已是六十六岁的老太太，又为年仅二十七的扬·安德烈亚打开了家中的大门。这个看上去一脸忧郁的年轻人，成了杜拉斯最后的情人，他们一起生活了十六年，交往的众多异性中，他和她在一起的时间最长。现在，老杜拉斯死了，报纸上正在连载扬的纪念文章。

一九六〇年，法国阿尔戈电影公司的创始人多曼想拍一部关于广岛核爆炸的电影，打算让一位女作家执笔，最初考虑的两位作者是萨冈和波伏瓦，萨冈十八岁成名，是个神童似的人物，而波伏瓦则是萨特的终身伴侣。两位才女的知名度当时都在杜拉斯之上，制片人约萨冈见面，这位心高气傲的女作家竟然忘了时间，让人家白白地等好几个钟头。机会最后落到了杜拉斯身上，制片人抱着试一试的心情拨通她家的电话，杜拉斯一口答应，并主动邀请导演喝茶，两个倾向于电影革命的人谈得很投机，喝茶最后变成了喝酒。

杜拉斯的一切，都从反叛开始，反叛是个很重要的姿态，与众不同是她追求的目的。在一开始，她绝对不会想到自己日后会成为媒体的宠儿，因为媒体总是媚俗于大众。她绝对不会想到自己会因为拒绝而走得更近，因为不想媚俗又真正地媚俗。是电影成全了杜拉斯，还是她成全了电影，将是一个纠缠不清的话题。

对于大众来说，人们更多的只是知道电影，知道《广岛之恋》，知道由梁家辉主演的《情人》，毕竟看场电影要比看小说轻松得多。杜拉斯写过的电影剧本多达十九部，影响最大的电影《情人》剧本恰恰不是她亲手改编，这是一个意外。刚和电影打交道的日子里，她的作品在书店中滞销，小说集《树上的岁月》印三千册，几年后才卖了九百多册。《情人》出版后，印数很快高达百万，换句话说，在一开始，是电影拉动了作品的销售，到后来，她的作品本身就是畅销书，是电影导演的抢手货。最初是小说借助于电影，后来已是电影沾光于小说。

杜拉斯后来挣了很多钱，多得有些离谱，导演需要杜拉斯的故事，她需要电影带来的丰厚回报。不管怎么说，她是一个优秀的小说家，这一点至关重要。同时，她也是不多的玩电影的作家，在某种程度上，电影便意味着大众，杜拉斯是个很不错的玩家。

2000 年 5 月 24 日

《黑白史：中国当代实验水墨》

一个偶然的机会，曾经读过康有为的一张试卷，由于是写给考官看的，说不定皇帝他老人家还要过目，因此用毕恭毕敬的小楷写成，一丝不苟。我很敬佩康有为书法中那种狂妄不羁的气势，他的字越大越精神，可是没想到他写小楷也会这么棒，放在任何一本书法选集上都不逊色。

同样的例子，在毕加索的作品中，我见到过一张很具写实风格的油画，画面有些偏蓝，或许是印刷的缘故，读大学时，我一直把这幅画放在抽屉里，时不时拿出来看看。毕加索那种坚定扎实的绘画根基，仿佛存心给那些认为他只会瞎画的人一记响亮耳光。

从事艺术活动的人，总会有些地方让人想不明白。康有为和毕加索的共同点，在于他们敢于创新，不驾轻车走熟路。当代画家中也有这样的探索者，譬如杨志麟，他学的是传统工笔画，读书期间，很多时间都用在临古上，说到扎实的基本功，好比古人应试讲究八股文根底，显然没什么大问题。早在上大学之前，他的画已经小有名气，偏偏他生来不是一个安分守己的人，一方面，没完没了临摹《清明河上图》、临摹《永乐宫壁画》，另一方画，却有意识离传统工笔画越来越远。

虽然是科班出身，他却成了一名真正的艺术叛徒，徐悲鸿先生最喜欢的话是“一意孤行”，这四个字送给杨志麟更合适。在南京一大群画家中，我不知道还有谁能比他走得更远。近些年来，杨志麟的努力全用在实验水墨画上，这是一步很冒险的棋，因为太大胆，所以前途难测。如果在十几年前，现代派正流行，人人心里都有一种反传统的冲动，那么冒险就是顺水推舟，常会引来一片喝彩，时至今日，世故的传统在妥协中已重新占据上风，当年冲锋陷阵的青年画家一个个被招安，剩下的只是一些孤军奋战的散兵游勇。

衡量一个现代派画家的标准，并不是看他留多长的头发，看他是否声色犬马放浪形骸，也不是看他的绘画中有多少谁也看不懂的东西、夸张变形到了什么地步。艺术的本质是克服困难，然而无论哪个领域，永远是想走捷径和随大流的人居多。杨志麟的小名叫“呆志”，在童年时代，这似乎是一个很不好的绰号，起码在别人眼里，杨志麟的小脑袋瓜里有点问题。艺术追求上，大约只有两种人不愿意回头，一是有宗教的献身精神，还有就是呆子。

早在大学读书的时候，杨志麟就对中国画的材料产生了疑虑，他似乎很失望，觉得用毛笔和宣纸，力度不够，而且更让人感到沮丧的，是中国画的成功率，有50％操纵在裱画工手上。正是因为这种疑虑，一段时间里，他把绘画的激情转移到了油画上。艺术的精神是相通的，条条大路都通罗马。杨志麟显然是一个多面手，除了油画，他的触角还伸向其他艺术领域，实验二字对他来说，总是有着无穷无尽的魅力。他编过四大本《世界原始美术图集》，玩过陶艺，为了进一步培养自己对材质的敏感，他甚至尝试着在水墨作品上贴布条，在影印的古籍上作画。他的创作充满了一种游戏意味，在求知领域里，他永远是一个贪玩的顽童。他不知道自己会走向何方，只知道应该继续往前走，一条道走到黑，绝不回头。

湖北美术出版社出了一本书，名字很长，叫《黑白史：中国当代水墨实验 1992——1999 杨志麟》，重点介绍了杨志麟在水墨画上的实验。水墨画是他的老本行，万变不离其宗，或许他所做的一切努力，都是为了如何创作出心目中的理想水墨。实验性是杨志麟作品中的重要标志，真正的艺术永远开放，而且具备了多种发展的可能性。杨志麟有个十分有趣的见解，他觉得毕加索最好的画，只有四十厘米，换句话说，有四十厘米的地盘，毕加索就足以平定天下。基于这种见解，实验性固然重要，但远不是艺术的全部。用什么工具，采用什么方法是无所谓的，实验不是猎奇，不是炫技，不是无病呻吟，关键还是看艺术家能否进入人的心灵深处。

2000 年 2 月 25 日

《悠悠长水》

这本书的副标题，叫“谭其骧前传”。谭是著名的历史地理学家，从年龄段上来分，应该和钱锺书同属一代学者。三十年代初，谭其骧在燕京大学读书，成为顾颉刚先生的高足。据说顾有些口吃，上课结结巴巴，课堂上效果并不太好。用今天的话来说，顾的教学方法，只适合带研究生，他喜欢和与学生个别谈话，善于发现别人的长处，能够循循善诱，指出努力方向，因此，他的得意弟子如坐春风，除了钦佩学问，更感激他的知遇之恩。

谭其骧是个很纯粹的学者，一生在书斋中度过，讲课和研究之外，似乎没什么可吸引人的地方。但是，这本由他弟子撰写的传记，却极有特色。作为大教授，谭其骧为各色人等上过课，有正经八百的学生，本科生、硕士生、博士生，抗战期间，给国民党的高级军官上过地理课，“文革”前夕，给林彪夫人叶群开过小灶，“文革”中，给工厂的工人讲历史课。他讲课的内容万变不离其宗，不外乎历史地理，历史是棵大树，历史地理是很重要的树杈。

历史地理学对于很多人来说，是门怪怪的学科。谭其骧最大的强项，是中国历史地图的研究。八十年代初出版的《中国历史地图集》，共八卷，由谭其骧主编，是一本很实用的工具书。这部浩瀚的大书足以花费一生的精力，之所以能够完成，和毛泽东的亲自过问分不开。毛泽东喜爱历史，对中国历史版图的兴趣尤其浓厚。“文化大革命”中，许多教授狼狈不堪，谭却因为要编地图集给毛看，少吃了不少苦头。

《悠悠长水》近三十万字，称之为前传，因为仅写到“文革”前夕。过去都觉得知识分子迷失自己，是“反右”以后，这本书提供的谭的笔记则表明，早在一九五二年初的“三反”运动中，文化人就有些摸不到北。当时，大名鼎鼎的教授在领导的关怀下，争先恐后交代贪污问题。譬如周予同教授坦白了五条：

> 1. 大儿子在图书馆借书，解放后有两本未归还，也没有赔。2. 解放后徐汇村有伪军留下的木材，我做了一桌四椅，花了五元钱，未登记。3. 有一只小铁床，解放前向郑权中借来的，是学校公物，解放后未登记。4. 将统考试题纸私用。5. 开明书店的薪水未缴工会费。

历史学的特点，在于容不得任何猜想，靠真凭实据的史料说话。谭其骧是历史学家，他或许只是在无意中记录了当时的历史场景，为今天重温过去留下了见证，毕竟“三反”运动，和他所入迷的历史地理丝毫不搭界。

2000 年 7 月 12 日

《中国表情》

九十年代初期，有个叫萧全的小伙子拿着照相机找上门来，说要为我拍些照片。随身还带着一张何立伟兄的介绍信，大意是这位“萧大师”人不错，属于哥们朋友一类，千万不要搭狗屁架子，老老实实听其摆布。朋友之间的戏称通常表示亲热，我一边读信一边笑，很自然地就和萧全熟悉了，一见如故，无话不说。萧全当时孩子气地带着一些照片，用活叶版夹着，像倒卖邮票的小贩一样让人欣赏他的作品。拍得好是不容置疑的，这些照片成了他的身份证明，几年后，反反复复在报刊上出现，还精印过一本图片集，影响不小。

我不喜欢被摄影，那是一件很尴尬的事，但是我在翻阅《中国表情》这本图片纪录集时，感到很激动。所选的那些照片有的已经见过很多次，譬如萧全拍得那张顾城夫妇合影，这让我想起早就逝去的一个时代。记得二十年前，有一次和北岛聊天，谈起他主编的一本民间刊物中的几首顾城的诗，我说自己很喜欢，北岛说，你知道，我这可是从他一大堆诗中间挑出来的。

我没法忘记北岛当时的表情，他那时还说不上大名鼎鼎，手抄的诗集《陌生的海滩》正在年轻人中悄悄流传。差不多同时期，我去一家旅馆拜访公刘先生，无意中说起了顾城，他也笑着说这孩子的诗太多了，说自己和他爹是朋友，让他寄些诗来看看能否发表，一寄就是十几首，并说这些不能用，手头还有，要多少有多少。

顾城后来成为杀人犯属于另外一个话题，我忘不了的是顾城的寂寞岁月。到八十年代中期，顾城跻身十佳诗人，去成都领奖，也正是在这时期，萧全为他们夫妇拍了那张后来广为流传的照片，照片上的诗人毫无踌躇满志的得意，更多的却是一种苦涩忧郁。据说他当时曾有这样的话，那就是一直在研究吃什么样的食物最省钱，因为写诗几乎养不活自己。

我不想计算九个印张的《中国表情》一共收入多少照片，这是个不小的数目，也不想评价这本书的装帧精美和文字有趣，因为这是一本好书所必需的。只是想趁机说一两件让人深深留恋的往事，借题发挥。很显然，在这些固定的表情后面，掩盖着大量耐人寻味的故事，这些故事是探索人类心路历程的密码，是以往历史的一部分。

“世间一切尽在脸上”，人们只记住想记住的事情，同时，也有意无意地急于忘记。忘记是人类的天性，好在这本书中有一大堆悲欣交集的“表情”纪录，它们随时随地会跳出来作证。

2000 年 11 月 18 日

《狱中记》

看过王尔德传记的人，再读《狱中记》会很有意思。我不喜欢艺术中的唯美主义，总觉得这四个字是句骗人空话。王尔德的小说从未真正打动过我，他才华横溢，离经叛道，放在中国文化中，应该属于金圣叹一类的人物。

我对王尔德的兴趣，更多的是他耐人寻味的人生经历。小说家的创作有两种方式，一是用笔，一是用自己的生活。王尔德最著名的理论，是艺术不应该模仿生活，生活反而应该模仿艺术，因为有虚拟的艺术作模仿和参照，王尔德的一举一动都十分艺术，特别有情调。

少年成名，挥金如土，过着众人眼里的放荡生活，临了身败名裂，锒铛入狱，客死他乡。王尔德只活了四十六岁，死于中耳炎，据说是坐牢时留下的病根。作为同性恋者，在那个时代，他显得非常不道德。王尔道在狱中写了这篇很长的文章，我曾经见到过取名为《惨痛的呼声》的片断，那是他最优美动人的散文，远比年轻时的名作更出色。不知道这本《狱中记》是不是在国内首次出版，反正完整地见到这篇长文，对于我来说还是第一次。

我一度很想搞明白王尔德和道格拉斯之间的是非恩怨，把这两个男人的文章放在一起研读，会发现很多有趣的东西。他们总是在别人面前恶毒攻击对方，不惜使用最下流的语句，王尔德把道格拉斯说得一无是处，而道格拉斯则干脆说他是“老男妓”。仇恨也会让人感到震惊，他们之间反目为仇，喜欢窥探别人隐私的人因此大饱眼福。一八九一年，三十六岁的王尔德被二十一岁的道格拉斯吸引住了，深深地爱上了对方，或者说是互相倾慕。此时的王尔德如日中天，然而就是因为道格拉斯，王尔德的事业一下子走到了尽头。考虑到两人受到的种种伤害，有点仇恨是预料中的事情。

但是，最值得让人感动的，还是《狱中记》中流露出来的那种爱。王尔德对艺术的执着，那种不食人间烟火的自以为是，足以引起从事艺术活动的同行们的共鸣。爱在王尔德的笔下是个不同寻常的字眼，它是人生的一种归宿，是艺术的终极目标。一般情况下，爱情发生在两性之间，放大了也只是亲情和友情。王尔德的《狱中记》除了流露对艺术的真爱，还表达了一个同性恋者惨痛的呼声，这是我们很生疏的一种情感，游离于传统的道德体系之外，既让读者感到好奇、困惑，更感到震动、无奈。也许，王尔德的艺术世界根本不存在，即使有，也不可能找到钥匙。真实在羞羞答答的掩饰中欲盖弥彰，仇恨成了障眼的戏法，也许，我们静下心来，把王尔德最后的文字认真读完，沿着他的心灵轨迹进行探险，会在不经意中走出去很远。

2000 年 12 月 14 日

《剑河倒影》

读陈之藩先生的《剑河倒影》，才知道抗战期间还有个西北联大。说起中国的大学，提到西南联大，免不了眼睛一亮。对于我们这些后生来说，出身西南联大，便是一块最好的金字招牌。然而好学生不只是西南联大才有，西南联大只是一个标志，四十年代的中国战争不断，从大学生的整体质量而言，这个年代明显要好于五十年代，五十年代又明显强过六十年代。

四十年代的大学生都是人精，那个动乱的年代里，没有多少人有机会去上大学，不像今天。物以稀为贵，太多了，必然粗制滥造。当然还有其他更重要的社会原因，陈之藩是学物理的，如果留在大陆，没有进一步留学深造，说不定也就成了一名普通中学教师。我对于物理学是外行，无法评定陈先生专业方面的成就，只知道他是美国的硕士，香港和台湾名牌大学的教授，当过系主任，当过美国波士顿大学的教授，用时髦的话来说，属于成功人士。

有趣的是，陈先生还获得过哲学博士头衔，头衔是剑桥送给他的，用陈先生的话来说，他作为访问学者，在英国和成百的学者聊两年天，跟玩似的便捡了个学位。谈笑皆鸿儒，往来无白丁，他所接触的都是剑桥的高人，和高人过招，一次次切磋武艺，近朱者赤，自己无形中也会功力大长。都说环境成就人，但是，牛津剑桥学文学的中国人并不在少数，有人却是越学越不逛，越学越俗，除了口不离“鄙人在英国的时候”，拿不出任何真才实货。或许从事自然科学研究的缘故，陈先生对人文科学的态度，更多的是因为有“趣”，是喜爱，他只是一个票友，客串着下海写些文章，偏偏这些文章比许多专业作家出色得多。

陈先生的随笔既有中国文化的根基，又有现代科学的底蕴，因此在台湾很有读者缘。作家能同时获得这两者的人不多，不过也并非凤毛麟角，无迹可寻。毕竟根基和底蕴是可以培养的，难得的是陈先生身上有不同寻常的诗人气质，这一点，很容易让人联想到后来的王小波。他的文字不外乎是“好奇与欣赏”，是“对真的好奇，对美的欣赏”。

诗人气质绝非只有诗人才有，事实上，无论过去还是现在，文坛中没有诗人气质的往往占大多数。诗人气质难以用语言描述，看不见，摸不着，无声无臭，来无影去无踪，是创造世界上一切美好东西的重要元素。诗人气质不仅造就了第一流的诗人，还可以产生第一流的艺术家和科学家，产生第一流的政治家和商人，产生第一流的军人和运动员。大科学家本身就是一首诗，牛顿、达尔文、爱因斯坦，他们的发明创造都离不了诗歌精神。

2001 年元月 31 日

《二十世纪的书》

一个世纪前，美国《纽约时报》邀请了一些名人，为它的“读书版”写贺词，也许怕读者怀疑其真实性，所有签名都用了“摹本”形式。我对印刷史不甚了解，不知道摹本是否就是照相制版。有一点可以肯定，当时的“读书版”不受重视，所以要大张旗鼓造声势。那些贺词都很有意思，是活生生的广告，“卡内基先生认为它给时报增光添彩”“舍夫先生说它为提高《纽约时报》的品位做出了巨大贡献”“波特主教没有哪个星期六不读它”。时至今日，已弄不明白卡内基和舍夫是谁，他们是谁早就不重要，美国人喜欢的角色必然是阔佬，大家忘了这些成功人士，甚至也忘了那些在读书版上名噪一时的作家。

书评从来就不是可有可无，虽然“比被评的书更短暂，更容易让被人遗忘”，但是它能左右文学图书市场，造成文学风气，却是不争的事实。好的书评是赤裸裸的参与者，是一种提醒，是对遗忘和忽略的恐惧。书评的自以为是和自我感觉良好在于，它希望注意到一些问题，留心某种现象，明确无误告诉人们应该读什么，应该怎么读。“书就是新闻”，《纽约时报》书评一直把对书的关注，当作意义非同寻常的事情。

好书与好书评是一种互动关系。没有好书，苛求好书评无疑缘木求鱼。一百年之后，在新世纪到来之时，一本厚厚的《二十世纪的书》被编辑出版，它是无数《纽约时报》书评的精选本，是对过去岁月的一次隆重检阅。无论写书，还是写书评，包括编辑读书版，这本书都值得翻阅和参考。

遗漏是免不了的，好书评的目的无非是想告诉我们，什么样的好书它并没有遗漏。《二十世纪的书》是一本非常好的备忘录，它再现了《纽约时报》书评一百年的目光，是在炫耀，在展示自己曾经做过的努力和贡献。很显然，被《纽约时报》书评看中，不一定都是杰作，看走眼也不奇怪，声名显赫又昙花一现的流行读物，或许正是因为它的推波助澜造成了广泛影响。然而瑕不掩瑜，毕竟有太多的好书评集中出现在《纽约时报》书评上，这是其他读书版无法比拟的。经过一百年的努力，《纽约时报》书评已经有了点石成金的魔力，它的权威性得到一致公认，所谓“一登龙门，则身价百倍”，能够出现它的版面上是所有写作者的梦想。

《二十世纪的书》是对文学历史的一次重新梳理，披沙沥金，去伪存真，它用自己的声音表明态度，在第一时间里，对好书传播起到良好的推荐作用；现在，孩子已长大，那些受惠的好书又一次反过来作证，用实绩来回报“书评”的知遇之恩。

2002年3月31日

《纪德文集》

纪德是记忆中谜一般的人物。他的书总是读着读着就放下了，我想读不下去的原因，或许是自己不是法国人的缘故。从译文中，我体会不到评论者所说的那种典雅。一位搞法国文学的朋友安慰我，说这种感觉很对，有些优秀的文字没办法翻译，譬如《红楼梦》，翻译成别国的语言，味道已全改变了。

大约只是个借口，我想自己面对纪德感到困惑，更重要的原因，是不能真正地走近他。早在我还是一个初中生的时候，就知道纪德了，那是在“文化大革命”中，这样的文化背景下，一个同性恋者的纪德很难成为我心目中的英雄。

有趣的是，纪德在中国人的阅读中，始终扮演着一个若即若离的“左派”角色，早在二十年代，他就被介绍到中国来，到抗日战争期间，更是当时不多的几个走红的新锐外国作家之一。打个并不太恰当的比喻，纪德对于我们父辈喜欢读书的人来说，颇有些像这一代人面对马尔克斯和昆德拉，即使并不真心喜欢，也不敢不读他们的东西。

很难想象普鲁斯特竟然要比纪德小三岁。普鲁斯特是公认的现代派大师，可是在当代读者印象中早就古典了.《追忆似水年华》已成为文学经典的一部分，说普鲁斯特老态龙钟并不夸张。纪德的小说无愧于名著之列，可是怎么读，都摆脱不了那种年轻的感觉。也许我的印象是错误的，纪德的小说似乎专门为年轻人而准备，因为无论我怎么阅读，都摆脱不了两个最原始的印象，他小说的主题，颠来倒去就是叛逆和说教。

这就是我常常要读纪德，又常常读不下去的重要原因。年轻人迷恋这两者是最正常不过的事情，叛逆让我们勇往无畏，说教使我们找到叛逆的理论依据。考虑到纪德的一生，发生叛逆的行为也是事出必然。纪德出生在一个很富裕的家庭，一生不用靠写作来谋生。他是一个蔑视道德的道学家，禁锢的传统教育在他身上物极必反，产生了巨大的反作用力。

纪德会走上“背德者”的道路，是因为他所接受的教育中，有着太多的道德约束，不摆脱这些约束，他就不可能寻找到真正的“幸福”。这和当代的许多作家不一样，当代人的叛逆有不少都是无本之木无源之水，是为叛逆而叛逆，是利用叛逆来谋取利益。叛逆只不过是通向成功的捷径，是获得利益的有效手段。他们的成功和利益，与纪德追求的打破枷锁镣铐有本质区别，正是因为这两者的区别，纪德才会孜孜不倦地说教。叛逆的本义并不是想把人引向歧途，而这一点，恰是纪德他老人家最担心的。

2002年9月8日

《无名的裘德》

说起英国文学的现当代作家，印象总是从康拉德开始。康拉德是波兰人，英国人在这一点上绝对不排外，过去这样，现在也这样。相比之下，哈代无论生前还是死后，待遇明显不公。对于古典作家来说，他现代了一些，在现代派眼里，他又老了一些。

《无名的裘德》是我念念不忘的一本书。说起阅读经验，说到打动这个字眼，记忆中并不是那些刻骨铭心的爱情故事。有两个场景让人永远忘不了，一个是雨果《九三年》中郭文最后的被处死，一个就是《无名的裘德》中小裘德杀死弟弟妹妹然后自杀。这个可怜的孩子临死前，给裘德留下了这样一张字条，上面只有这么几个字：

我们太多了， 算了吧。

这是一个缺少爱的孩子发自心灵深处的呼声。小裘德爱父母，爱弟弟妹妹，可是父母成天心情不好，根本就没时间爱他们。他渴望爱，偏偏又不能得到爱。他不理解父亲为什么老是出走，不理解父母既然觉得小孩已是累赘，既然都不想要他们了，还要继续添孩子。小裘德认为父亲的不幸，是因为他们这些不该来到世上的孩子造成的，他爱这个家，因而采取了一种最极端的行为，决定自己毁灭自己，于是，一个人世间最惊心动魄的惨剧就这么发生了。

《无名的裘德》在哈代的小说中，是最愤怒最有力也是最绝望的一部作品，以上提到的只是其中一个小细节。大家可能更熟悉《苔丝》，更熟悉《还乡》，更熟悉《卡斯特桥市长》，但是以个人的阅读感受而言，我更喜欢《无名的裘德》。喜欢有时候不需要理由，记得最初读的还是曾季肃的译本，出版于 1948 年，是父亲从旧书店淘来的，在这本书的最后一页有一行字，注明最初的购买日期是 1949 年 5 月 23 日，地点是南京。也就是说，在解放军进入南京后的一个月，一位文学爱好者在书店里买下了这本书，后来又由于其他的原因，这书进旧书店，落到了父亲手里。

我喜欢裘德，当然和父亲的推荐分不开。新版《无名的裘德》距我最初阅读这本书已有二十多年，与曾季肃译本相比是整整五十年。哈代是从写诗歌开始的，因为别人总是读不懂他的小说，愤而又回到最初的创作状态，他在晚年告别了小说，又重新成为一个诗人。对于诗歌界是好事，对于小说界，不能不说是个损失。哈代曾被誉为结构大师，今天再读他的小说，并不觉得“结构可说是精密完善几乎到了无可疵议的境界”，以一个小说同行的眼光来看，现代小说要比他的精致得多。哈代的小说胜在有力，胜在有血有肉，他的故事实实在在，令人过目不忘。在过去的十多年中，他的作品被屡屡搬上屏幕，如果愿意去淘碟，根据《无名的裘德》改编的《绝恋》是一部很不错的电影。

2002 年 9 月 15 日

《〈唐诗三百首〉汇评》

《唐诗三百首》是一本好的通俗教材。小时候，喜欢做排列组合，看谁入选的诗多，就拜谁为老大。到读研究生，看金圣叹的《唐才子诗》，厚厚一大本，竟然没选一首杜甫的诗，当时想这家伙好无礼，应该拖出去打屁股。《唐才子诗》数量上是三百首的一倍，第一首选了杜甫爷爷杜审言的诗，选许浑的诗最多，是33首，李商隐次之，29首。后来才知道冤枉了金圣叹，原来他也是老杜的狂热崇拜者，认为把杜甫冒昧地与唐诗人并排放，是委屈了他老人家。一般人只知道金圣叹批点《水浒》有名，其实他批点的《杜诗》同样很棒。

《唐诗三百首》中未选一首李贺的诗，又是我耿耿于怀的一件事。一个喜欢李贺的人觉得这不能容忍，我想起“文化大革命”中一个喜欢唐诗的人，他动不动以三百首为例，以三百首论英雄，没有被选的诗人，在他眼里就是狗屁。当然是很久以前的事了，我吵不过他，便用毛主席吓唬他，告诉他毛主席可是喜欢李贺的。那年代，没人敢说伟大领袖的一个不字，那位老兄于是不吭声，心里仍然不服气。

我对于《唐诗三百首》有一种复杂的感情，谈不上喜欢，也谈不上不喜欢。一个人不可能长久地对某本书保持强烈兴趣，我出门的时候，为了图省事，喜欢带一本能够放在手掌心中的小《唐诗三百首》，领导开会做报告，我就温习唐诗。说来也好笑，我向来有一心二用的本事，在旅途中，在失眠的时候，甚至在游泳池里，都会心血来潮背几首唐诗，这很有些酸腐，然而确实是对付无聊的好办法。

很多有学问的人，对《唐诗三百首》完全不屑。记得有位同窗，要读就是读艰深的，凡通俗带注的，全不入他法眼，大约觉得既然读了大学，再去看选本，再去看评注，显不出学问。这很让人自惭形秽，因为我读书一向偷懒，能走近路，决不绕远。对于注解，坚持越多越好的原则。我喜欢汇评汇注，譬如《水浒传》，最喜欢北京大学出版社的汇评本，又譬如钱锺书先生的《宋诗选注》。读评读注，往往比读原著更有乐趣。

《〈唐诗三百首〉汇评》很容易让人想起《唐诗鉴赏辞典》，同样作为工具书，后者初版30万，到第2次印刷又增加了40万，而前者远没有这样的经济效益，只印了5000册，是否重印很难说。以个人偏爱来说，我更喜欢《〈唐诗三百首〉汇评》，因为它提供了更大的信息量，充分显现了汇评的优势。《唐诗鉴赏辞典》水平不一，撰文者有第一流高手，也有平庸的小混混，因为是鉴赏，掺水的机会多，逮着就可以乱说。《〈唐诗三百首〉汇评》搜集的都是前贤的经验，说前贤比当代学人好，薄今厚古，可能会引起异议，却是不争的事实。

2002年10月4日

《毕斯沃斯先生的房子》

如果奈保尔没有获得诺贝尔奖，很难说在中国会有多少读者。十年前，他的第一本小册子出版，印了一千五百册，那时候我还住在湖南路一带，紧挨着书店，不多的几本《米格尔大街》，放书架上多年没有人碰。也很难说他现在走红了，读者不容易哄骗，不会因为什么奖，就忙不迭地从口袋里往外掏钱。

《毕斯沃斯先生的房子》无疑是奈保尔最重要的作品，曾选入上世纪 100 部最佳英文小说。和很多虚构作品喜欢打自传招牌一样，媒体对这书的评价，西方或是中国大陆，都着眼于纪实，强调以作者父亲为模特。我不太清楚奈保尔本人如何表态，书一旦出版，他的解释就不重要了。媒体需要话题，媒体不在乎作者怎么想。尽管奈保尔受典型的英国教育，继承的是狄更斯以来的英国文学传统，作品本身已成为英语优秀文体的一部分，仍然改变不了他的殖民地身份。他的小说与纯粹大英帝国出生的毛姆，与吉卜林，与福斯特，与波兰裔的康拉德，有着明显的渊源和发展，但是他永远也成不了真正意义的西方人。奈保尔以西方人的眼光来看待自己的生活，换句话说，用西方人的观点说殖民地故事。结果西方人看到了奇风异俗，第三世界看到了西方人的歧视目光。

奈保尔的尝试，实际上是所有第三世界作家应该做的事情。以西方的观点看待文学，这话听上去怪怪的，而且有丧自尊，其实当代小说就这么回事。我们的小说概念，差不多都是西方给的，这连鲁迅他老人家也承认，我们就没必要再盲目托大。作为小说家同行，我更在乎奈保尔的叙述方式。对于我来说，小说就是小说，说到底还是一个怎么写的问题，曹雪芹是不是贾宝玉改变不了《红楼梦》，毕斯沃斯是不是奈保尔父亲根本不重要。重要的只是在“毕斯沃斯”这四个字后面加上了先生，我特地查阅原书名，发现“先生”两个字原来就有。读者阅读时可能会忽视这两个字的存在，更多的是把这看成是英语文学中的习惯，譬如菲尔丁《大伟人江奈生·魏尔德传》书名的原文中就有“先生”。我想强调一点，在毕斯沃斯后面加上“先生”绝不是可有可无，它的意义是找到一个叙述角度，这仿佛莫言小说《红高粱》中“我爷爷我奶奶”，是为一种叙述语气定调，有了基本音调，宏大的叙事才可能滔滔不绝。

“先生”两个字可以产生距离，现代小说中，距离产生的审美效果非同寻常。奈保尔的小说魅力恰恰在于这种距离，即使毕斯沃斯百分之百是他的父亲，因为加了先生，主观和客观的比例已完全发生了变化。对于一个儿子来说，直呼父亲的名字，和父名后面加上先生，有着明显差别，如果不能仔细体会这种差别，很难把握作者的苦心孤诣。

2002年12月6日

《拥抱似水年华》

以动物作比喻，普鲁斯特的《追忆似水年华》被誉为大象并不过分。《拥抱似水年华》是最近流行的一本书，很自然地让我想起了盲人摸象，四个盲人在路上遇到一头象，都赶过去亲近抚摸，然后自以为是各抒己见，于是关于象的话题，就有了一番妙趣横生的议论。

对于普鲁斯特的爱好者来说，英伦才子德波顿的这本《拥抱似水年华》，显然犯了盲人摸象的错误。我想不明白它为什么会畅销，作者虽然很有才华，行为却有点愚蠢。

这年头谈论一本书，最聪明的办法，莫过于站得高，看得远，把别人侃得目瞪口呆，找不到北。要高屋建瓴，要纲举目张，要有高度，要有深度。德波顿似乎不太忌惮浅薄，敢于哪壶不开提哪壶，既敢插科打诨，又敢玩绅士气，更不忌讳俗气，站得不高，看得不远。

好在世事难料，这本完全是自说自话的书，不但没有遭骂，反而大受欢迎，上了排行榜，成为畅销书。由此可见，人偶尔愚蠢一些，犯那么小点错误，也没有什么大不了。盲人摸象，摸的毕竟是象，不管是象鼻子，还是象牙、象腿、象尾巴，至少谈的都是象，都是实实在在活生生的象，不像现如今流行的文学批评，高是高了，深也深了，象却不知道跑哪去了。

更喜欢书的原名，“普鲁斯特如何改变你的生活”，现在的这个不伦不类，还不如叫“拥抱普鲁斯特”来得贴切。拥抱“似水年华”要拐好几个弯子，雅得莫名其妙，当然真拥抱了“普鲁斯特”，又太庸俗，有些暧昧和不正经。普鲁斯特离今天已经十分遥远，遥远得只剩下了一个巨匠的模糊身影，翻译成这样一个书名也好。

作者的用意，是能写出一本“索解普鲁斯特生活智慧，出诸小品风格的励志书”，通过这本薄薄的小册子，让读者与上世纪最伟大的作家再来一次拥抱。这当然是很难达到的美好理想，好在德波顿深入浅出，举重若轻，一会儿揶揄调侃，一会儿严肃正经，硬是把一本应该有说教意味的小书，写得如此有趣好玩，让人舍不得放下。

让我喜欢的，还有译者的文笔。一本才华横溢的小册子，没有与之匹配的中文翻译不行。网络时代流行掺了水的大白话，肉麻当有趣，无聊才生动，突然见到这样典雅的文字，不禁眼前为之一亮。

2004 年 3 月 23 日　河西

《等待野蛮人》

小说最重要的永远是那些特定的人物关系。我们忍不住会说某篇小说精彩，或者反过来说它的故事不怎么样。小说总是和故事密不可分，但是聪明的读者也明白，有时候，故事本身并不重要，重要的只是如何处理奇特的人物关系。库切的《等待野蛮人》，究其实质，还是一个老男人和小女孩的故事，野蛮人少女很容易让人联想到《洛丽塔》，联想到《霍乱时期的爱情》中的阿梅里加·比库尼亚。

老男少女的性爱故事，除了会带来阅读上的恐怖和紧张，还可能引起道德的讨论。以名气论，纳博科夫的洛丽塔大名鼎鼎，像已经注册的名牌商标。相比之下，阿梅里加·比库尼亚逊色得多，不过是马尔克斯爱情小说中的一个小角色。我感兴趣的是，同样的人物关系，同样把未成年少女像条鱼一样，放在好色的老男人的砧板之上，库切与两位前辈作家会有什么样的不同。

纳博科夫从正面进攻，全力以赴，洛丽塔就是故事的全部，她是故事的女主角，是故事的开始，也是故事的结束。马尔克斯却是侧面迂回，只用了很少的篇幅，十四岁的阿梅里加·比库尼亚栩栩如生，毕竟是个配角，是作者想说的另一个爱情故事的补充和陪衬。

《等待野蛮人》不是爱情故事，自始至终都缺少这样那样的调料，故事刚开始已结束，戏剧还没开场就谢幕。喜欢传奇故事的人肯定要大失所望，好在这种失望，丝毫不会妨碍小说的好看，因为等待这个字眼像谜一样吸引着读者的眼球。年老的行政长官出于同情，收留了野蛮人少女，然后情不自禁地爱上了她，然后又把她放归了。与洛丽塔和阿梅里加·比库尼亚最大的不同在于，作者几乎没有在野蛮人少女的可爱上下功夫，她不是男人眼里的性感尤物，甚至是否活生生也不重要。这本来是最应该写的，也是最容易写的，野蛮人少女作为故事中的一个重要符号，不仅是模糊的，而且有些概念化。

故事不重要，连人物也可以无关紧要。好小说永远是隐藏着多种可能，库切独辟蹊径，另起炉灶，他的绝妙之处，只有读了这篇小说之后，才能有那种冷暖自知的体会。库切给了我们文学上的赏心悦目，给了我们一个爱的理由，给了我们一个新的看点，给了我们一个可以沉迷的借口。

西方文学界对这本小说的推崇，显然不是莫名其妙。诺贝尔奖授奖词中，提到《等待野蛮人》是淡淡的一句话，“一部继承了约瑟夫·康拉德手法的政治恐怖小说，书中描述了一位天真的理想主义者打开了恐怖之门”，这种评价虽然草率，却不失为经典，可惜它遗漏了“等待”那个词。

2004 年 5 月 27 日

《书鱼知小》

读流沙河先生的文章，是种享受。枕头边放着《书鱼知小》，睡觉前翻几页，做梦都香。读书之乐，远不是三言两语可以说清楚的。对这本书有些简单的感想，首先就是“书鱼”。先生专门有篇文章说明，所谓书鱼，说白了，是书的蛀虫，是书蠹。

“谁看青简一编书，不遣花虫粉空蠹”，世人说到蛀虫，因为好端端的东西被它蛀坏，自然没什么好话。偏偏蛀书的虫子是个例外，和读书人挨上点边，立刻文化了起来。古往今来，心甘情愿当书虫的大有人在。不称书虫，美称书鱼，这是化腐朽为神奇，有出处，更有雅意。自称书虫的人太多，多了就俗，先生是什么人，如何愿意与那些书呆子为伍。

其次是“知小”。不知小，不能知大。当今社会，动辄说大话，说过头的狠话，移到文坛上来，有理无理都呼唤精品力作，人人恨不得做李白杜甫，做托尔斯泰巴尔扎克。先生不是不知大的人，大而一旦无当，只能别出心裁，说说小。“书鱼沉泛于书籍之内，生死于文字之间”，宇宙之大，苍蝇之微，只要话说得美妙动听，有理有据，大小并不重要。这本书的功力，在于以小见大，四两拨千斤。

前几年，有机会跟先生一起赴湘西，走马观花。在酒鬼厂大厅，著名作家们被拦下来题字。东道主客气，客人就不客气。人人伸胳膊引腿，龙飞凤舞，过了把书家瘾。无知则胆大，越是不能写，胆子越大。唯有先生十分谨慎，唯唯诺诺，熬到最后才捋袖子，等人走得差不多方动笔。

那天到场的衮衮诸公，虽然有些文化，谈到肚子里的词，一手写出来的字，能与先生拼一拼的，可怜半个都没有。先生并不恃才傲物，写字时，人走光了，就剩我一人边上伺候。他不忍心赶我，笑着说："鸡下蛋，莫要看。"这话带着四川腔，味道很醇。我在一旁像小学生那样帮着牵纸，看他试笔试墨，看他对着纸苦思冥想，看他犹豫再三才落笔。

这是些小细节，有人做事能做好，有人做不好，窥一斑可知全豹。少壮不努力，老大徒伤悲，我读的是中文系，小学功夫全无，于训诂几乎门外汉。当年不曾用功，现在后悔来不及。好在还有种内心的喜欢，因为喜欢，所以读《书鱼知小》，能够得意忘形。回想先生当年被打成右派，白天做苦工，晚上读书，假若没有这书，那才是真正的苦。又想那些没打成右派的读书人，为何不好好下功夫，长点实在的学问。未来看今日，犹今日看过去，人很快都会老的，肚子里有没有货色，脑子里有没有思想，好歹都是度过一生，不过全看各自的造化罢了。

2005年3月9日

《言言斋性学札记》

几年前读《书与回忆》，就想说几句话。周越然与周作人岁数相当，是著名的藏书家，收藏丰富，可惜福薄，从开始藏书，到言言斋被战火焚毁，前后不过十六年。当藏书家总得有些物质基础，他最赚钱的买卖，是为商务印书馆编辑《英语模范读本》，靠这套模范教科书，周越然大大发了一笔横财。山外有山，楼外有楼，一个普通读书人对藏书家，常敬而远之，因为喜欢读书与喜欢藏书，是两回事。对于版本的态度，藏书家喜欢走极端，譬如周越然就有个臭名昭著的比喻：

> 宋元本和各精刊本，可比闺女，翻刻本或影印本，好比寡妇。至于随便石印或排印的本子，简直就是下贱的“野鸡”。青年人娶妻，总希望一个好人家的女儿，不愿意与寡妇结识，或与“野鸡”谈恋爱的。

我属于那种逮到书就能读的人，对于版本，只求少讹错，字迹和标点清晰。最好是横排本，同一本书，以省事为原则，有横版绝不看竖版。喜欢读书的人是馋虫，因为馋，便没那么多挑剔讲究，饥不择食，见什么吃什么，什么都能往肚子里咽。读书与娶妻不同，爱情要专一，阅读不妨喜新厌旧，随看随丢，随丢随忘."岂必太牢然后为礼哉”。

《言言斋性学札记》是扇窗户，隐约能看到一些七十年前的性学风气。性在古老的中国，始终是个避讳。文化人私下里谈性，好比今天爱说黄段子，大家既有些喜好这个，又都知道它不登大雅之堂。周越然的这些文字散见于当年的《晶报》上，是地道的小报文章，篇幅都短，每篇大约四百字，娓娓道来，能让读者耳目一新。可惜观点陈旧了一点，毕竟是老掉牙的文章，当作性教育的启蒙书为时太晚。性科学已飞速发展了，时过境迁，此书只可以当小品文读。小品文讲究有趣，有趣就好，读《言言斋性学札记》，性知识长不了太多，性趣事倒是可以知道一点。

本书开卷的第一篇，周越然借用小报上的报道，别具一格地为自己的专栏做广告：

> 周越然近来好攻版本学，对于中外古籍中关于描写性欲之书籍，搜罗尤富，将来如有性学图书馆创立，彼为主任，备及适当。

他好攻版本学，有许多年历史，绝非所谓的“近来”。周越然不相信百年内能成立性学图书馆，因此以退为进，既不接受“淫书收藏之王”的头衔，又难免自得，因为他确实有点好这个。描写性欲之书，虽然只是个人收藏中的极小部分，可是这已足以骄人。他是第二，别人就不敢称第一。瘦死的骆驼比马大，周越然这方面随便拔根毫毛，也比别人大腿粗。

2005 年 3 月 11 日

《十八春》

一九八五年初，张爱玲还没在大陆火起来，柯灵先生的《遥寄张爱玲》还没发表，正读研究生的我突然心血来潮，向刚成立的江苏文艺出版社推荐了几本书。所谓推荐，用今天的话来说，就是策划一套《中国现代长篇小说别集》，专门选择一些看上去不错，别人又不太知道的冷门作品。

出版社方面觉得“别集”二字容易引起异议，改名为“选读丛书”。具体书目都由我定，资料由我提供，那年头没什么版权之说，我觉得好，就行。当时张爱玲还健在，知道我把《十八春》列为首选，一定是火冒三丈。可惜她远在美国，隔着太平洋，对我的无礼也没办法。

《十八春》就是后来的《半生缘》，作者当时的署名是“梁京”。张爱玲离开大陆以后，痛改旧作，这部小说的结尾变动最大。《十八春》出版以后，反响并不大，知道的人也不多，虽然印了三万多册，并没有多少人议论。只有一位总社领导不知道为什么大动肝火，在反资产阶级自由化运动中，痛骂张爱玲的小说是“淫秽”，他把“秽”读成了“岁”，我听了好笑，这事就过去了。那时候还不能算媒体时代，小报和电视都不风行，商业气氛刚刚起来，出版物是人们的主要阅读对象，很一般的作品，也能印几万册。对于出版社来说，长篇小说随便出什么，都不赔钱。

我的印象，似乎还是《十八春》比《半生缘》更好看一些。最初的阅读记忆至关重要，一位朋友谈起金庸小说，说读者读到的第一本书，往往是最好。对此我深有体会，读完了金庸的武侠小说，最喜欢的恰恰是最初看的那套《天龙八部》。武侠小说难免公式化概念化，只要看过一本，对作者的路数基本熟悉，在这以后，就算是再次被打动，仍能处之泰然。读张爱玲的小说也有如此感想，最初写成的是原汁原味，中篇《金锁记》改成了长篇《怨女》.《十八春》改成了《半生缘》，多少有些得不偿失。

《十八春》有一个革命化的结尾，出自张爱玲笔下，或许有些怪异，可是我却感到非常真实。这部书是解放以后写的，曾在上海的《亦报》上连载，行文不可能脱离时代特色。问题就出在这里，成也萧何，败也萧何，正如后来的《半生缘》去革命化，同样是没有脱离海外的时代特色。平心而论，《十八春》中的革命化是很好的“新写实”，搞评论的不好好地做番比较研究，真是可惜了。

我不知道《十八春》后来有没有再版过。书店中，张爱玲的书一直热销，能见到的，是各种版本的《半生缘》，风行一时的电视剧用的也是这个名字。

2005 年 3 月 16 日

《二十世纪文史哲名著精义》

这是我做责任编辑那几年，最吃力不讨好的一本书。时间是八十年代中期，研究生刚毕业。当时野心很大，为这本书取的书字叫《当代必览》。全书一百五十万字，共选了差不多二百本文史哲著作，用时髦的缩写形式汇编成册，目的是想将当代的好书一网打尽。

为了这本励志类的准工具书，我吃尽苦头。两位主编是大学的教师，他们召集了一大批青年学子，选定了书目，把繁重任务分配下去，把稿子哗啦哗啦收上来，再把光荣艰巨的统稿任务，一股脑儿地扔在我身上。那时候还不是电脑排版，编稿子，排版式，统一格式，改校样，要多烦人有多烦人。有的缩写还凑合，改改就可以发排，有的实在不像话，必须退回去重来。举个小例子便能说明当时的痛苦，由于书中收集的是世界各国的著名人物，作者的名字要用原文排出来，这牵涉好几种外文字母，英文好办，像俄文和法文字母，没有现成的字模，不停地改不停地错，改了一遍，错了，再改，还是错。光是为这些洋文字母，就跑了无数遍印刷厂。

书中收录了许多不错的好东西。因为是缩写，虽然不能做到每篇文章都仔细核对原书，但是必须有个起码的了解。对我来说，既是个编辑的过程，也是个认真学习的过程。偏偏我这人心志不高，读书不求甚解，最讨厌理论书，对喜爱的书就多读，对艰深和不喜爱的，就不想读和少读。作为一个责任编辑，又不能不读，因此陷入深深的矛盾之中。

这本书见证了文学商业大潮的到来。做选题策划的时候，想得更多的是社会效益，是想让大家多读些书，读些好书。当然，感觉中它好像也应该有些经济效益。书还在编辑之中，市场前景的不好已开始露出端倪。琼瑶热过去了，流行的是台湾的姬小苔，我所在的出版社是专出姬小苔小说的大户。出版社的黄金规则是越赚钱，越不想赔钱，人一旦尝到赚钱的甜头，仿佛误入风尘的女子，会陷入欲罢不能的境地。

等到书编好，校样清了，能不能付印成了问题。不印，如此浩大工程，半途而废，说不过去。印，明摆着要赔钱，社领导犹豫再三，拖了又拖。

等到书正式出版的时候，我已调入作协当专业作家。出版社以为会赔钱，结果却没有。这书曾产生过一定的影响，有好几位研究生对我提起过，说这本书对他们做学问的用处很大，我不知道是不是客气话，也没太往心上去。我从来不是个感觉良好的人，毕竟不当编辑了，隔行如隔山，对自己编的这本书真的很无所谓。

2005年3月16日

《名人日记》

一段时间，我非常热心地搜罗年谱和日记。这是一个莫名其妙的爱好，沉浸其中，自己都不知道为什么。中国读书人的传统是文史不分家，除了阅读外国小说，我最爱看的是历史类图书。太严肃的历史著作读起来吃力，兴趣主要是集中在野史上。年谱和日记只能算历史的一些碎瓷片，能把玩这些，我似乎已经心满意足。

日记的印数通常都很少，省得可怜，这又是我收藏这类书的一个小小的私心，既是据为己有，当然应该是那些以后不容易找到的东西。有的日记只印了几百册，虽谈不上什么海内孤本，隔了些年头再要想找，离“上穷碧落下黄泉，两处茫茫皆不见”的境地已不太远。

明眼人都知道日记中也有很多造假，即使是当天的记录，完全有可能文过饰非，胡话连篇。好在这个假，与后来写的回忆文章相比，要相对真实得多。写日记的人会想到日后可能会有曝光的一天，从做研究的角度来看，看看记录者如何造假，本来就是一个很有趣的事情。日记读多了，尤其是读到不同的人，对共同经历的一件事有不同的记载，观点和结论都不一样，你不禁会心一笑。

日记最有趣的是可以读到一些隐私，我承认在这方面，自己多少有那么点窥阴癖。日记中的隐私有时候只是淡淡一笔，不认真去读，认真去品，未必能读出味道来。譬如在陈赓大将的日记中，他记录的渡江战役，就提到当时的逃兵状况。

今日凭脑子空想，简直就是天方夜谭，这怎么可能。人民解放军渡长江，势如破竹。这一逃，随手丢了个大西瓜，丢人不说，未来该有的好日子全没了。

《名人日记》也是我在出版社当编辑时干的私活，当时社会上的名人书籍流行，出版社同仁看了手痒，趁机出几本捞它一票。除了《名人日记》，这套丛书还包括《名人演讲》《名人书信》《名人小品》《名人遗言》。编这本书是自告奋勇的选择，不仅是责任编辑，而且是实实在在的编者。我觉得自己有这个金刚钻，揽下这活不费吹灰之力。

斯人是我起的笔名，却不是个人独享，是当时参与这套丛书的四个人的共用名。

2005 年 3 月 17 日

《旅德的故事》

八十年代末期到九十年初，文学市场非常不景气。那时候，无论你多大的腕，出本集子都不容易。打开文学市场靠两套书，一套是长江文艺出版社的《跨世纪文丛》，一套是华艺出版社的《中国当代著名作家新作大系》，提到出版史，这两套打破坚冰的丛书功不可没。

早在上述两套书出现之前，我策划过几本书，这就是《八月丛书》。承蒙出版社领导信任，我全心全意投入战斗，招兵买马，妄图把文坛上的实力派作家都网罗过来。取名“八月丛书”，喻义这是个收获的季节，该摘桃子了。

动机当然是美好，效果却极不理想。对于我来说，这是一段失败的经历，不无酸楚。或许提早了一点，早产儿通常都是不幸的，加上我的市场经营术太差，丛书一开始的印数极低。印数低，意味着没有经济效益，出版社和作者的权益便得不到体现。譬如张炜和张承志的书，只印了一千五百册，至今想到，都觉得对不住他们。

当时的设计方案，是每个作家同时出两本书，一部小说集或者别的什么书，另一部是长篇小说。排在头一位的是王安忆，一本是《旅德的故事》、一本是《米尼》。我一向佩服安忆的写作激情，做她的责任编辑很愉快，但是编书之外的话题，可以说是很不愉快。每个单位都有这是那非，钩心斗角互相排挤，原在情理之中，我没有一官半职，成为殃及的池鱼实属无辜。有一天，总社一位领导把我拉到一边，很郑重地对我说：

“你怎么一下子给王安忆出了两本书？把她的边边角角都拿来出了，还有性的问题！”

这位领导是我父亲的朋友。我向他解释应该出这两本书的理由，他听了，点头，让我注意影响，因为我毕竟也是个写小说的，一定要避免挟私的嫌疑，不能是朋友的书就拿过来不负责任地瞎出。他承认自己没有看过这两本书，只是有人已几次向他告状。

今天再也不会有人提到安忆小说中的性，有一段时间，她差不多被误解为色情作家。《八月丛书》成了迟开的鲜花，等到大家承认，都说这套书不错，一版再版，已到了九十年代中期，那时候文学市场已形成，名作家出书不再困难。记得当时经常要对图书进行抽查，《旅德的故事》正好被查到，发现错字率超了标。我感到奇怪，很多字分明是改正过的，怎么还会错。去出版科核对，原来送印的竟然是二校样。

懂点出版的人都知道，付印的应该是改正后的三校样。这是一个不可原谅的错误，责任并不在我。三校样早改完了，领导迟迟不肯最后签字，一直压在出版科。有一天，终于软硬兼施好不容易通过了，我害怕夜长梦多，又有意外，让出版科的人赶快付印，他们也真帮忙，立刻就送，没想到忙中出错，送错了校样。

2005年3月17日　河西

《霍乱时期的爱情》

上世纪八十年代的中国文坛，马尔克斯的重要性不言而喻。一九七五年，写完了《家长的没落》，为抗议智利政变，他举行了长达五年的文学罢工。我不知道西方怎么看待这事，反正在中国毫无影响。

史无前例的“文化大革命”中，小说动辄被称为反党工具，被形容为“大毒草”，这都有个前提，反党也好，毒害人民也好，得把小说先写出来再说，马尔克斯倒是别出心裁，无招胜有招，竟然以不写来威胁别人。用媒体时代的眼光看，这不失为一种引人注目的好办法。诺贝尔奖的评委一直在关注他，搁笔五年以后，马尔克斯推出了中篇小说《一件事先张扬的谋杀案》，又过一年，得了诺贝尔文学奖。

文学青年的心目中，马尔克斯的创作历程有特殊意义。他成名很晚，《百年孤独》发表时，已经快四十岁。我经常用马尔克斯的遭遇来激励自己，当然不是指那个奖，是学他如何下决心。《百年孤独》带来的巨大成功，常为大家津津乐道，可是马尔克斯写作遇到的烦恼，却很少有人去过问。为了这本书，他经历了一场豪赌，把未来全押上了，如果成功，将以写作度过此身，不成功便成仁，从此不再做文学的梦。

老舍做职业作家前，也押过同样的宝，从结果看，都赌赢了。把赌注压在一本书上，对成功者来说，既有孤注一掷的悲壮，又是很不错的谈资。事实上，准备以创作为生的人，都可能会这么赌一把。有趣的是，很多人在文学道路上能坚持走下去，并不是因为赌赢了，而是一旦真正陷入博弈之中便欲罢不能。

《霍乱时期的爱情》是马尔克斯获得诺贝尔奖后的第一部长篇，初版印了一百二十万册，是个天文数字。中文本在两年后问世，那时候我们尚未参加世界图书版权组织，有没有得到作者授权，很难说。据说马尔克斯到中国来旅行过一趟，他没有惊动任何人，悄悄地来，悄悄地走了，是否和不愉快的侵权有关，说不准。

经过合法授权的新版本，最终不知花落谁家。评论界给这本书的定位，是用“十九世纪传统小说的手法”写成了长篇作品。这说法很可疑，至少在我读过的十九世纪小说中，未见到有这样的风格。马尔克斯自己确实说过类似的话，但是千万不要忘了，他是个喜欢扔香蕉皮的高手，知道怎么戏弄媒体，知道如何让别人踩在上面摔一跤。

在我眼里，这是部不折不扣的现代小说，精彩，耐人寻味。马尔克斯的作品并不多，写得少，写得好，他是现成的例子。

2005 年 3 月 18 日

《少年 Pi 的奇幻漂流》

这本书让人想起了杰克·伦敦的《热爱生命》，只不过小说中的狼，变成了孟加拉虎。相同点还在于，你在阅读的时候，能够身临其境地感受那种鲜血淋淋的气息。这是文字所特有的力量，你可以在电视上看到更血腥的镜头，但是经过文学描述以后，你感受到的会是完全不一样的东西。

语言艺术的魅力，在于它能更大地激发读者的想象，它更禁得起咀嚼。在《热爱生命》中，男主人公最后咬住了狼的喉咙，生死得到转换，在人狼大战中获得了胜利，少年 Pi 也有一个类似的结局，不同点在于，马特尔的小说更像一个寓言，更文学，也更现代。

很显然，出版社选择这本书，充满了对市场的热切期待。只要看封面上的广告，就可以看到这种迫不及待。“亚马逊网站 2002 年度最佳图书”“《纽约时报》年度杰出图书”“《出版家周刊》年度最佳图书”“《洛杉矶时报》年度最佳小说”“2002 年英国布克奖得主”“2004 年德国图书奖得主”。在喜好外国文学作品的读者中，最有分量的就是这个布克奖，见到了不能不买，不敢不买，仿佛喜欢淘碟的主，见到戛纳奖影片，见到了好莱坞最佳外语片，不收入囊中觉得不踏实，不买回家便会有一种空手而归的失落。

对于读者来说，布克奖和诺贝尔奖是两回事。诺贝尔奖是摘桃子，成熟一个摘一个，成熟一堆也是摘一个，基本上是对某个作家的终极评判。在喜欢读书的人眼里，诺贝尔奖常常没什么大意义。每位读者差不多都可以当这个奖的评委，他们的心里有杆秤，自己喜欢的好书被评上了，这是理所当然，没有评上，这是评委的不够公正。诺贝尔奖只是锦上添花，读者需要的是雪中送炭。往白里说，诺贝尔奖再爆冷门，也不会把它送给无名之辈。读者至多是觉得得主名气不够，这不够也只是相对的。

布克奖评的是当年作品，对于读者来说，它永远有一种刚出炉的新鲜劲。阅读有时候像上馆子吃大餐，既然花了钱，总想尝尝新的玩意。你忍不住想知道现在流行什么，时髦什么。花两天时间看完了《少年 Pi 的奇幻漂流》，除了联想到杰克·伦敦的《热爱生命》，还能想到曾经读过的一些历险记，譬如《鲁滨孙漂流记》，譬如劳伦斯·斯特恩的《多情客游记》，譬如戈尔丁的《蝇王》，当然还能想到更早的《堂吉诃德》和《奥德修斯》。

这本书与上述作品相比，显然是有些不一样。也许，正是这些不一样，给马特尔带来了好运气。

2005 年 3 月 26 日

《清代科举考试述录及有关著作》

国人说起科举，又爱又恨。爱之深，恨之极，过去的人有切身体会，万般皆下品，唯有读书高，世间至乐莫过于金榜题名，不像我们今天对它隔了好几层，说起来不关痛痒。

根据孙中山先生的说法，当年世界列强的考试制度，都是学的英国，而英国人的蓝本，却是中国的科举。不由得想到了众所乐道的足球，起源于英国，时至今日，已发展成一项世界性的体育运动，水平也随着全球化越来越高。可惜我们自己不太争气，守不了旧，学不会新，自己的好东西不知道郑重爱惜，别人的好玩意糟蹋起来却是一等。

中国的足球越玩越不像样，科举到清朝末年，也是越玩越糟糕，糟糕到了让人哭笑不得的地步。过去我只知道“贿考”，知道科场作弊要杀头，读了《清代科举考试述录及有关著作》，才知道还可以拿考生的姓氏来开彩票，也就是所谓“闱姓”赌博。具体玩法介绍起来复杂，反正与今天体育彩票的玩法类似，你投注买考生的姓，赵钱孙李，想买谁就买谁，买中了，便可以中大奖。据说这稀奇古怪的“闱姓”赌博，最初只是在广东的民间流行，玩玩就玩大了，越玩越热闹，到咸丰年间，广东巡抚郭嵩焘为了军需紧急，不得已而出下策，为了钱，饮鸩止渴也顾不上了，“初则令起罚缴款项，继则准其立案，招商承项”。

广东人好赌，广西因为紧挨着，也跟着学。都会玩都敢玩，五花八门，层出不穷。收买考官，雇佣枪手，今日赌博公司玩的那一套，当时差不多都有。

“闱姓”赌博在《清代科举考试述录及有关著作》中，只占小小一个章节，窥一斑知全豹，由此可见这本书的有趣和好看。作者商衍鎏是大名鼎鼎的学者商承祚的父亲，是清朝最后一科的探花，比状元和榜眼逊色，毕竟也是绝唱。与商老先生同科的进士中，有大名鼎鼎的谭延闿，此人当时排名二甲三十五名进士，后来当过国民党的国府主席，以官品论，已属了不得。有沈钧儒，二甲七十五名进士，浙江秀水人，曾当过中国民主同盟中央主席。还有王揖唐，二甲第五名进士，显赫一时的大汉奸。相比之下，排名状元的刘春霖和榜眼朱汝珍，反倒是没什么大出息。

本书的要义，是对清代的科举做一番梳理，娓娓道来，言之有据。其中收罗的一些时文考卷，坐论天下，既庄重，又滑稽。内行看门道，外行看热闹，洋洋洒洒三十多万字。由于作者的身份特殊，行文之中，不免有些依恋，然而正是因为这种依恋，要比那些纯是批判的文字，更值得咀嚼。

2005 年 10 月 5 日

《崩溃》

非洲文学在我以往记忆中，说来很可笑，只是民间传说和反对帝国主义。这与家庭藏书有关，我读书通常是有什么读什么。记得有本“文化大革命”中翻译的小说，名字就叫《帝国主义必败》，现在回忆，还能记得里面有“毛主席教导我们”这样的字眼。另一本小说是《非洲，我们不了解你》，五十年代出版，没有具体写明作者的国籍，只是笼统地写着“非洲”。最著名的应该是《塞内加尔的儿子》，一看书名，就知道它要说什么。

一九八六年索因卡获得了诺贝尔文学奖，于是我们见到了《痴心和浊水》。此前不久，以马尔克斯为代表的拉美文学爆炸，震惊了中国的写作同行。当时都以为非洲的诺贝尔奖一定会带来同样的惊喜，事实却是反应一般。中国人对诺贝尔奖很狂热，这些年又开始炒作布克奖，大家突然发现，有些布克奖小说，一点不比诺贝尔奖差。要说也不奇怪，诺贝尔奖给一个人，它是对某人全部文学创作的肯定，布克奖针对一本书，只针对英语世界，用不到语种上的各种照顾，和法语西班牙语尤其是瑞典语毫不搭界。

阿切比的《崩溃》获得了一九五八年的布克奖，它改变了我对非洲文学的认识。有些事你无法弄明白，譬如首位非洲诺贝尔奖得主为什么不是阿切比，而是他的尼日利亚同行索因卡。就我所见到的两部长篇小说，《崩溃》似乎更应该得到西方青睐，事实也是，但是它却受挫于诺贝尔奖。据说阿切比已两次入围最后五人名单，会不会有第三次，很难说。

《崩溃》给人带来震撼，或许只要一个小细节就足够。威猛的勇士奥孔克沃成为战利品艾克梅夫纳的养父，渐渐喜欢上了这孩子。他曾赢得过最伟大摔跤手的美誉，是个富有的农户，有两仓番薯，三个老婆，在部落战争中表现出了令人难以置信的勇敢。艾克梅夫纳与养父一家相依为命，与他们家的孩子成了好兄弟。三年过后，蝗虫来了，可怜的艾克梅夫纳成了祭品，部落决定要砍他的头，厄运降临之际，艾克梅夫纳从刽子手那里逃脱了，哭喊着“爸爸”向养父跑去。恐惧让奥孔克沃的大脑一片空白，他拔出砍刀，一刀就把自己的养子劈了。他一生中，这并不是第一次，也不是最后一次把别人脑袋砍下来。最后，奥孔克沃砍下白人信使的脑袋，自己也上吊自杀了。

阿切比用一种读者已开始熟悉的冷静语调，叙述着一个个非同寻常的故事。小说的看点是阿切比的叙述态度，什么样的态度，决定了会有什么样的小说。这本书被誉为“国家殖民主义及其影响”的十七种经典之一，是伊博族人的史诗，也是阿切比本人最有影响的代表作。

2005年11月19日

《雪人》

格非在电话里让挑一篇印象深刻的短篇，我几乎立刻就想到《罗本舅舅》。

最初读这篇小说，还是二十多年前的中学时代，收在一本叫《雪人》书里面，是那种很旧的封面，暗红色，封面的字是手写。搬家整理书籍，怎么也找不到它，以为是先父处理掉了，因为他已经买了新版的《茅盾译文选集》，新版的书中既然旧的文章都有，再留着旧的也没什么意思。没想到有一天，突然又在书架不起眼的地方看到了它。

重读《罗本舅舅》，全然没有当时的震动。也许我是以一个职业小说家的眼光重新审视，作为短篇，它显而易见过时了，篇幅太长，容量太小，更大的问题是议论太多，有点喋喋不休。一百年前的人写小说，难免有怕人看不懂的毛病，于是，今天重温那个时代的小说，都有一种过于直露的感觉。

但是我没有办法否认二十多年前曾有过的激动，事实上，正是这类小说，奠定了我对短篇小说的认识。就其个人影响的力度来说，《罗本舅舅》和海明威、福克纳没什么区别，和博尔赫斯、鲁尔弗如出一辙。

我不得不承认自己对这篇小说念念不忘，一个朋友谈起他对金庸小说的观感，曾说过最先看到的那一本，往往是最好的。这道理就仿佛初恋情人总是最好的道理一样，情人眼里出西施，人是感情动物，免不了感情用事。

如果让今天的写手来处理，《罗本舅舅》只需一半篇幅就足够。重读这篇小说，有两方面感想可以说。首先，必须承认短篇小说的进步，并不是说今天的作者就比过去高明。事实是，读者阅读小说的能力提高了，作者是船，水涨必然船高。我们今天对短篇小说的概念，都是前人的作品熏陶出来，今天的进步，是过去作家共同努力的结果。不能因为发现诺贝尔文学奖得主也有这样那样的不足，就误认为自己已成了大师，踩在别人的肩膀上，讥笑别人矮，这是很可笑的事情。

其次，不得不承认《罗本舅舅》有过人之处。它说到了一个永恒的话题，小说既是个故事，也永远不只是个故事。故事必须有，但光有故事是不行的，艺术只对永恒的话题感兴趣，它反映人类对自身命运的思考。短篇小说是什么，它是人类思考时的一个表情，如何生动地表现这个表情，将是所有短篇小说作者努力的方向。

1999 年 9 月 24 日

《谈艺录》

每到年底，媒体便会打来电话，问过去的一年，读了些什么书。常常稀里糊涂就回答了，其实一年里读过很多书，谁记得清楚。前几天接到一电话，倒是直截了当，问正在读什么，就谈谈枕边的这一本。

我回答说，在读钱锺书先生的《谈艺录》。记者又问为什么要读，能否谈谈你的新作《后羿》与《谈艺录》的关系，是在写的过程中一边读，还是写完之后当作放松的书籍，或是从中汲取了怎样的营养。

也说不清楚为什么要读，反正隔段时间，就会把钱先生的书翻出来，随便挑上一本，胡乱读上一阵。相比较而言，最省事的就是读这一本。向来是把钱先生的著作当小品文读，我的古文水平还不够好，对旧诗没有多少修养，外文几乎一窍不通，对钱先生的文章只能是慢慢阅读，一字一句读，一段一章想。不否认自己是个钱迷，二十多年前，我的硕士论文选择了钱锺书，这让导师感到震惊，他不明白我为什么要这么冒失。现在终于明白自己真的是有些冒失了，无知就会胆大，胆大就会做出一些别人意想不到的事情。

《谈艺录》让人的心情变得很平静，让我知道了许多自己原来不知道的学问，让我感到充实，让我感到了自己的渺小。一本好书可以让你不断去发现，三分文章，七分读，多读，才能真工地读出味道。有一段时间，钱学俨然也成了显学，大家都乐意谈他，其实钱学真要成为显学，又谈何容易。读钱先生的著作，不能带着功利之心，他的书不能活学活用。

我看钱著，通常不需要理由，想看则看，说放下就放下。对于我来说，阅读和写作，完全可以成为两种不同的生活方式。钱著对人的影响是潜移默化的，对写作的直接帮助可能非常有限，但是间接的受益就说不清了。

最初读到的是开明本，并不像中华书局本那么厚，封面上隐隐有一个雕塑一般的头像，不是很清楚，却有些嚣张。坦白说，在一开始，我并没有太读进去，因为这书很旧了，有些破烂，又是竖排版，读起来远比中华书局的《管锥编》要难读。我读书，习惯成自然，更愿意读横排本，好在很快见到了新版的《谈艺录》，即有所谓的“补订本”，正文304页，“补遗”的部分317页。形象地说，这书已从原来的一本书，差不多变成了两本。

钱鍾书的一些观点，常会左右人的思想。遇到了古典文学方面的一些疑难问题，我习惯到钱著中去漫游，去寻找答案和支持。我知道，跟在一个高人后面，夫子步亦步，夫子趋亦趋，是不对的，是可笑的，然而人各有志，高山仰止，景行行止，我觉得这样也挺好。

2007年1月21日　河西

《敦煌话语》

说起见识，无非行万里路，读万卷书。古时候，这很不容易做到，到了现代，行万里与读万卷，只要你有心，身体力行，那就是指日可待。去过两次敦煌，感受差不多，都是想去，非常想去，真到了那里，好似新郎官千辛万苦终于钻进洞房，激情突然没了。

譬如在莫高窟看壁画，两次皆异常疲倦，解说员的声音让人头昏脑涨，漫长旅途的劳累，不足的睡眠，仿佛这刻全部席卷而来。现成的一句成语叫“叶公好龙”，我难道便是那个好追逐时髦的家伙？

一直想不明白，有点文化的人，为什么或多或少都喜欢敦煌。中国人是这样，外国人也是这样。为什么敦煌会有那么大的魅力。很显然，去敦煌不能只是飞来飞去，飞机上往下看，茫茫西部十分壮观，坐在汽车里往外看，沙尘扑面，又是另外一种风情。此外，去大戈壁大沙漠中的敦煌，还是得读点书，要知道一些历史，哪怕临时抱佛脚，胡乱读几本小册子。

我是个喜欢翻书的人，因为偶然的机会，读到了这本《敦煌话语》。事实上，看过不止一本与敦煌有关的书，不是太深，就是太浅，深的像是天书，遥远得摸不着边，硬是把我这个半调子给吓跑了。浅的是旅游小册子，三言两语，抒情加上民间故事，基本上在蒙人。《敦煌话语》是本非常适合的读物，从形式上来说，只是一本访谈录，荟萃了当代第一流敦煌学专家学者的观点和看法，但是实际的阅读效果，却是“大珠小珠落玉盘”，美不胜收。

关于敦煌的许多疑问，这书可以给一个比较圆满的答案。访谈者李伟国是研究历史出身，同时又是一名资深编辑，除了看过国内的大量敦煌文献，还曾三访俄罗斯，在涅瓦河畔的东方学研究所，两访巴黎，在法国国家图书馆的手稿部，通过现场阅读，感受散落在国外的敦煌文献原卷。访谈者的特殊经历，决定了这本书的深入，不光深入了，而且是恰到好处的浅出。

把专家学者的研究成果，有机结合在一起，是很不容易的工作。求同存异，弄不好会变成大杂烩，变成观点的简单汇编。《敦煌话语》的精妙，在于形散神不散，牢牢抓住最有意义的话语，让读者听到不同声音。只有让所有的声音传播出来，才可能更接近本质。

敦煌学有太多学问，仅仅“敦煌”两个字，它的来头就有不同观点。藏经洞的大量珍贵经卷，究竟是为了避难才藏在里面，还是只不过是当时的废弃物，在专家学者的研究中有不同的解答。对于读者来说，什么样的解答更正确，也许并不重要，重要的是我们可以根据专家的思路，通过学者治学的方法，进一步地走近和了解敦煌。

2007年1月26日　河西

《首都计划》

一本书吸引读者总有原因，文字饱含趣味，故事情节生动，思想散发出金属火花。有时候，看上去不该抓住人，完全可能一些别的元素，突然让你爱不释手。譬如这本厚厚的《首都计划》，无端地有些喜欢，仅仅是为了它的技术含量。用技术含量来形容一本书，有些奇怪和不负责任，可惜我找不到更好的词汇。

虽然是新出版，却老掉了牙，这是一本快八十年的城市规划。推荐的理由非常简单，它反射出了特殊的历史信息，陈旧而不缺乏新意。本书提到的首都，不是北京，是民国时期国民政府所在地南京。哈佛大学的教授在《中国工程科技发展：1928—1937》一书中深有感慨地说："如果南京今天可以称作'中国最漂亮、整洁而且精心规划的城市之一'的话，这得部分归功于国民政府工程师和公用事业官员的不懈努力。"

美国教授的赞扬绝不是空穴来风，南京是中国第一个按照国际标准，采用综合分区规划的城市。八十年前的南京破烂不堪，国民政府定都以后，聘请了国内外第一流专业人员，在最短时间内制定了这部《首都计划》。尽管时间仓促，这个计划的精细科学，用今天的眼光去看，仍然足以让八十年后的读者震惊。它不仅立刻让南京受惠，而且吃足了老本。过去的很多年，谈到城市规划，谈到绿化和公用设施，大家都羡慕南京。

《首都计划》的基本思路，宏观上采纳欧美规划模式，微观上采用中国传统风格，直接影响了当时以及后来的城市规划设计。民国时期的许多政府机关和公共建筑，譬如上海的市政府大楼，就是严格地按照这个思路执行。当然，《首都计划》更多的是纸上谈兵，事实上只完成了极小的部分，因为众所周知的战乱，南京没有也不可能完整地实施这计划。

除了众所周知的中山陵景区，除了宽阔的大马路，还有一大批富丽堂皇的民国官邸，这份计划所反映出来的思想理念，并没有真正地贯彻执行。换句话说，南京曾获得过非常良好的际遇，但是很快又轻易地就失去了。

历史究竟能不能以人的意志为转移，这差不多又是一个现成的例子。今日的南京已谈不上是最漂亮的城市。现代化的进程有时也可能产生倒退，如果我们的政府官员喜欢读些书，能早点读到这本充满技术含量的《首都计划》，那些简单粗暴的失误，完全可以避免。亡羊补牢，犹未为晚，有时候，真让羊跑了，再去修栅栏已来不及。

2007 年 2 月 10 日　南山

《百年孤独》

记者约稿为远在哥伦比亚的马尔克斯祝寿，时间紧迫言辞恳切，我觉得很奇怪，因为他老人家到明年才八十岁，入乡随俗洋为中用，我们古老传统是做九不做十，难道这事也得客随主便，也得按照中国的规矩去办？

说到这个马尔克斯，真还有话可以说。对他始终有一种父辈的感情，他比我父亲小两岁，与父亲的好友高晓声、陆文夫同年。他的作品在八十年代初期进入中国，那正是我开始学写小说的年头，也是高晓声、陆文夫这一茬右派作家走红文坛之际。不同点在于，马尔克斯在此时，早已功成名就，完成了最重要的作品，而作为父辈的高晓声、陆文夫，胡子都花白了，只是几枝重放的鲜花，像一颗颗新星那样，刚刚冉冉升起。

马尔克斯的幸运之处，不是因为他得了诺贝尔文学奖。在世界文学的大盘子中，他得奖的时间非常重要，早也不行，晚也不行。众所周知，这个文学奖设置已经很多年了，在马尔克斯获奖以前，中国人从来不把这奖项太当一回事。对于文坛来说，开始关注诺贝尔奖，恰巧是在八十年代初。在此之前，中国的作家同行对得没得过这个奖，基本上是无所谓，无论老一代作家，譬如鲁迅、茅盾，譬如巴金、老舍，还是小一辈的，像高晓声陆文夫那样在五十年代才崭露头角的，都持这个坦然态度。

媒体强烈的诺贝尔奖情结，其实只是这几年的事情，仿佛女人的不方便那样，到日子就要折腾一番。热闹之后是冷清，炒得凶，过得也快。事实上，在马尔克斯之后，每年都会有新的诺贝尔奖得主产生，真正造成轰动影响的并不多，能和马尔克斯相媲美的绝无仅有。

马尔克斯的开始走红，是作为拉美文学爆炸的一个代表。他并不是罩着诺贝尔奖的光环进入中国的，我们这些年轻人都是在没得奖之前就已接触到了他的作品，都是一下子被打动了，或者说被打蒙了。我们感到十分吃惊，在活生生的当代，竟然还会有这样出色的文学大师，与那些伟大的前辈相比，丝毫也不逊色。在马尔克斯之前，我们心目中的那些大师，属于祖父曾祖父级别，都生活在非常遥远的过去，与我们非常隔膜，而他却像我们熟悉的父亲一样，就生活在我们身边，与我们共同沐浴着同一片蓝天。

我们都是马尔克斯的受益者。他的著作，只要有中文本，我都不会放过。他的《百年孤独》，我藏有好几种译本，读过的次数绝不会少于五遍。可惜由于版权纠纷，他的著作在市场上已很少看到，过去很多家出版社在他身上赚足了银子，现在加入了世界版权组织，该为马尔克斯巨额的版权埋单的时候，出版社的老总们都心惊胆战起来。

2007年5月16日　河西

《逢场作戏》

庄雪禅是法国人，看名字，首先想到了金庸小说，应该是个轻功十分了得的东方奇女子，事实却是中学毕业，她才第一次来到中国。显然是次非同寻常的旅行，这位法国姑娘开始对东方产生兴趣，于是进巴黎东方语言学院学习，并得到一项奖学金去新加坡大学进修。1982 至 1984 年，她在南京大学学习中国近代文学，恰巧这期间我也在那儿读书，理论上讲我们还是同学，不过从未谋面。她老公是中国人，看完了《逢场作戏》，我突然闹明白她是我朋友曾年的妻子。

世界说大很大，说小，真不知说什么好。庄雪禅第一部关于中国的著作是《礼和中国摇滚乐》，这本书在西方曾经受到好评，因为我没见过，不敢在这乱说。能说几句的是《逢场作戏》，说老实话，我是带着看笑话的心情来阅读的，一个老外谈摇滚乐，或许还能胡扯几句，要议论中国的民间戏曲，难度也太大了一点。

据说马可·波罗当年最不能原谅的错误，是把“上有天堂，下有苏杭”，翻译成了“杭州是天上的城市，苏州是地下的城市”，中国人因此很得意，洋人嘛，难免一知半解隔靴搔痒。我从小在一个地方剧团的大院里长大，自信对民间戏曲还有几分发言权，然而这部不是很厚的书稿几乎立刻让我感到了汗颜，无疑是小看了人家，这一次，真正无知胆大的不是老外，而是我自己。

与我们习惯于用一种猎奇的观点来看待西方不一样，庄雪禅研究中国民间戏曲的功力深厚，完全是以人类学的视角，探讨它们与中国古代或当代社会的深刻关系。为了寻找日益衰败的“民间”，过去的许多年，庄雪禅去了许多不同的地方，研究了不同戏曲种类，比如属于面具戏的傩戏，比如川剧的火把剧团，比如山西的蒲剧，比如皮影戏，她深入到中国的乡村和小城镇，深入到官方剧团的幕后，深入到那些自主经营的剧团和戏曲爱好者中，比如对京剧票友的独特研究。

不得不佩服老外做学问的认真，当然，更让我们感到佩服的是研究方法。有些事本来应该是我们自己去做，可结果都让老外们去忙乎了。因此，近水楼台未必先得月，庄雪禅分明比我们更了解当下的中国民间戏曲。总算还有苏东坡的诗可以用来遮羞，不识庐山真面目，只缘身在此山中。真相就是这样，中国人自以为耳熟能详，更可能是熟视无睹。

也许，庄雪禅的最初目的，是写一部讲述中国民间戏曲整体状况的专著，然而通过对丰富的体验进行整理，对不同种类和风格进行比较，她最终揭示出了多彩景象下存在的一个中国民间戏曲的共性。这种共性的根基，不仅仅停留在艺术层面之上，更主要的还根植于社会层面之中。

2007 年 9 月 4 日　河西

《庄子奥义》

上世纪四十年代抗战，西南联大的教授们跑警报躲避空袭，大家都很狼狈慌张，刘文典先生却在失魂落魄之余，十分傲慢地呵斥沈从文先生，我这是替庄子跑，我死了，再也没人能够讲庄子，你瞎跑什么呢。

这故事让喜欢沈从文的人愤愤不平，本可以理直气壮还句嘴，事实是沈从文一声没敢吭。据说刘文典还给身边的教授估薪水，陈寅恪值四百大洋，他值四十，朱自清值四块，沈从文最低，连四毛钱都不值。一个写小说的让人这样糟践，后来的小说家难免跟着抬不起头。

刘文典的学问毋庸置疑，他觉得世上只有两个人才了解庄子，一个是庄子本人，另外一个就是他。我对庄子所知甚少，对刘的学问高山仰止敬而远之。他死于1958年，之后包括之前，似乎也没人敢认认真真一讲庄子，原因很简单，过去一百年的绝大多数日子，我们的环境并不适合做学问搞研究。

直到这几年，终于有个叫张远山的好汉跳出来。刘文典当初花十五年时间，完成了巨著《庄子补正》，将历代尤其是乾嘉以降讹误考证集大成于一书。张远山则花二十多年功夫，韦编三绝，既吸纳古今卓见，又留意最新成果，他计划要写一系列的书，最终完成自己的庄子工程，而首先推出的是这本《庄子奥义》。刘文典的特点是狂，张远山呢，也还是这个狂字。

艺高人胆大，没这金刚钻，不敢揽瓷器活，经过二十多年修炼，张远山已有足够的自信对世人宣布，他比我们都更了解庄子。我很好奇，如果刘文典遇到了张远山，这两位自高自大的家伙，会碰出什么样的火花，是英雄惜英雄，怅望千秋一洒泪，还是冤家路窄，谁看谁都不顺眼。感觉中，前一种的可能性会更大，毕竟知道庄子的人太少了。无论刘文典还是张远山，热爱庄子是他们走火入魔的根本原因。

《庄子奥义》是一本有意思的书，非常有趣，对于我们这些不太懂得庄子的人来说，是本很好的入门书。它做到了真正意义的深入浅出。当然，所谓深，是尽可能的深；所谓浅，也只是相当程度的浅，相对的浅。说老实话，谁要无知地真敢说研究庄子的书浅，先关起来扇耳光，用北京话说得掌嘴。

张远山的这本书，最让人感到羡慕的，是能够乐在其中。一个人做事，一扎进去就是二十多年，这是缘分，也是好福气。做学问一天两天不难，一年两年也不难，难的是持之以恒，一做几十年，一做一辈子。真有了这份平常心，以此制敌，何敌不摧，以此图功，何功不克。不由得回想起当年上大学，中文系学生为了深刻，枕头边不是西方的哲学大师，就是古代圣人的四书五经，一个个壮志凌云，二十多年前过去，究竟读了多少书，真很难说。

2007 年 12 月 19 日　河西

《英美十六家》

喜欢吴鲁芹先生当然有理由，冤有头债有主，首先因为夏志清先生力荐，当年读研究生，遇到夏的文章，一定要认真拜读，爱屋可以及乌，他推荐说好的东西，总得千方百计找来学习。好在吴鲁芹的文字不多，而且十分难找，能见到的又都是非常精致和典雅的。

吴鲁芹出身于武汉大学外文系，是陈源先生的高足，是陈瘦竹老师的学弟。上世纪八十年初期，陈瘦竹把我叫去训话，提到恩师陈源，眼眶立刻饱含泪水。读吴鲁芹的文章，每次涉及自己先生，一定毕恭毕敬。这些都很让人感动，师之善教，如坐春风如沐时雨。名师出高徒，有什么师傅，就有什么徒弟，同样看学生的表现，也可以知道老师的风采。

历史上的武汉大学以保守著称，吴鲁芹上学时国破家亡，正好在抗战期间，做学生的特别容易冲动。有一次考试，老先生出卷子，突然冒出了“恒言”两个怪怪的字，大家一时间不知道什么意思，于是乎趁机起哄，群情激愤大闹起来。监考老师也站在学生一边，临了便演变成一场反抗守旧的运动，史称“恒言之役”。我不知道吴鲁芹会站在哪一边，凭直觉他应该属于新派，因为当时的文学院长陈源表面上不偏不倚，骨子里却十分厌旧。

吴鲁芹后来去了台湾，一直在大学谋生。1962年以客座教授身份赴美，任教于密苏里大学，又为美国新闻总署罗致，任撰述工作，至1979年退休。与纯粹的教书先生相比，他的字数并不算太少，用最通俗的话说，是位会写的人，深知文字趣味。有人的文章不敢看第二遍，吴鲁芹的文字别有魔力，读了还想再读。

很难讲《英美十六家》就是吴鲁芹的代表作，不过这种文章，也只有他那样的功力，才可能举重若轻手到擒来。他的原始想法是让熟悉英美文学的人能善待，不熟悉的也会爱不释手，事实证明果然如此。与他别的作品一样，这本书很值得品味与把玩，虽然不是地道的学术著作，却到处闪耀着学术光芒。

吴鲁芹幸运，是能够轻松地游走在中外优秀文章之间，既有西方的随笔传统，又有中国的散文精髓，喜欢的人难免一致叫好。吴鲁芹不幸，大陆知道的人太少，与老前辈林语堂或稍年轻前辈梁实秋比，他的影响要小得多。更不要说与俗名更大的张爱玲相对照，尽管经历有些相似，张只比他小两岁。

2008年1月16日　河西

《缅甸岁月》

一个作家如果只能选一本书，乔治·奥威尔注定选《一九八四》，再加一本是《动物农庄》，不过我却更愿意为《缅甸岁月》说上几句。当然，也可能是前两本小说别人念叨得太多了，而这最后一本真正知道的人又太少。

《缅甸岁月》是作者的第一部长篇，处女作的重要性不言而喻。一个作家总是冒冒失失地就开始写作，也许根本还没有准备好，年轻幼稚，甚至毛手毛脚，但伟大作家的优秀品质，那种光芒四射的超人才华，通常在第一部作品中就有所显现。

奥威尔出生在印度，一直在英国接受基础教育，上的是最著名的伊顿公学，这与生长在中国的美国作家赛珍珠不一样，她直到上大学才第一次回到自己的祖国。奥威尔笔下的东方更带有一种社会主义色彩，这显然与文学上的“红色三十年代”有关，也与他在殖民地缅甸当过五年警察有关，更与年轻时接受的西方文明教育有关。他在殖民地当警察的时候，正好遇上亚洲民族主义情绪高涨，当时中国最流行的口号是“打倒列强”。帝国主义是一个让人厌恶的词汇，毕竟我们还只是半殖民地，还没有彻底沦为亡国奴，奥威尔在缅甸遇到的情况要严重得多。

《缅甸岁月》可以看作是作者怀念没落的大英帝国，失去辉煌的帝国，更像是黄昏落日。故事有些老套，一个脸上带着丑陋胎记的男人，内心深处充满了孤独，因为孤独，渴望通过一场爱情的奇迹来获得拯救。三十五岁的弗洛里是奥威尔精心设计打造的一个人物，他既是殖民统治的受益者，同时又良知未泯，对殖民统治以及英帝国的堕落，不时地感到道义上的羞耻。

在迷途中渴望获得爱情，是人类企图自救的最后一根稻草，然而陷入爱情的人难免会昏聩和盲目，很显然，弗洛里只是爱上一种错觉，他所爱的那个有心计又做作的女人，和病入膏肓的大英帝国一样，更多的还是一种不着边际的虚幻。他相信所爱的这个女人能改变自己，结果反而是更快地毁了他。

弗洛里最后自尽了，饮弹而亡，恰如作者所言．这是“必须为之赎罪的庞大重负”的必然结局。也许，奥威尔并不愿意与我们讨论男主人公该不该死，他想说的只不过是，还有没有继续活下去的理由。日不落帝国的辉煌，它的掠夺和侵占，究竟是给自己的子民带来了享不尽的荣华富贵，还是造成不可谅解的道德谴责。又爱又恨的情绪蔓延和贯穿作品始终，它的视点因此既是西方的欧洲的，同是又是东方的全人类的。

奥威尔的小说离不开寓言，《缅甸岁月》是最写实的一部，要说它更接近自传，也并不为过。

2008 年 3 月 15 日　河西

《南京城墙砖文》

人们对身边事物常常熟视无睹，譬如南京老百姓，很少在意随处可见的城墙。我们出生那会儿，它们就存在了，长着野草小树，残破不全，这边塌了一大片，那里扒开很大一个缺口。小时候，爬城墙上去玩，站上面已是登高处，极目远瞰，可以看见全城风景，看见钟山的紫气，看见蜿蜒的秦淮河，看见更远处的长江。白墙黑瓦，夹杂一些民国的小洋楼，这就是几十年前。

很少会去想，南京城墙是砖砌的，每一块砖上刻有文字。许多年前，从事城墙研究的一位朋友，对我大谈这文字的学问，我听了一头雾水。为了验证，他拍着胸脯说，日后会赠送一张精美拓片，为此我耿耿于怀。后来看到厚厚的一本《南京城墙砖文》，翻阅上面一个个的图版，更加耿耿于怀。我对书法没有研究，只是想当然地认为，能在自家墙上挂点这样的拓片，不比某些名人的真迹逊色。而且名人的字，通常和价码紧密联系，我这人大俗，太值钱的，还真不敢往墙上挂。

没想到城砖上那些文字，最后可以变成一本《辞海》般的大书，16 开本，400 多页，有很多耐人寻味的图版，实际厚度是其他书籍的一倍。因为有了这本书，我可以轻而易举地了解城砖上的文字，这些文字不读也罢，真读了，立刻长学问。

在城市规划方面，古今中外，恐怕没有一个城市会像南京这样疯狂。大家都知道，南京城的建设，只是一个半成品，永乐大帝迁都去北京，声势浩大的造城运动基本上停止。有了城砖上的记录，就可以大致知道，连绵的南京城墙，当年究竟有多大一个范围，为它加工城砖，所谓尽全国之力，又到底是怎么回事。同时，它也准确提供了城砖的烧制时间，以及相关的砌墙年代。更重要的是，有助于我们了解明朝初年农村基层的衍变，这些最民间的东西，是研究历史的重要素材。

在书法家眼里，城砖虽然来自官府，却反映了最好的民间书风，或篆或隶或楷或草，它们应该是书法史中不可忽视的一个部分。当然，让我过目不能忘却的，还是一串串活生生的人名，有的与头衔连在一起，官气十足，譬如提调官张勖、司吏邸忠、总甲刘志江、甲首蒋启岩。有的朴实和直截了当，非常的平民化，譬如窑匠汤丙，造砖人尹庭主。在二十人的广信府窑匠名单中，以数字结尾的人竟然占了四分之三，其中有王友一，王真二，徐英三，毛青四，郑隆五，方谦七，伊绍八，郑匆九，余德十。独缺了一个“六”，而抚州府的名单上，就有周仁六和邓正六。

如果写历史小说，这些名字拿过来就能用，不但能用，我甚至都已感受到了他们的呼吸。

2008 年 7 月 30 日　河西

《南京城墙志》

南京人一直觉得自己是南方人。很多人不这么看，近在咫尺的上海人听了，忍不住冷笑，更南边的广东人广西人，干脆嗤之以鼻。其实南京人也不在乎是不是南方人，历史上让北方的势力欺负惯了，动不动被人家侵略征服，屈打成真，也就稀里糊涂自认为是南方人。

直到一百多年前，南京人才明白，原来打南边也会冒出厉害的角色。操广东腔的太平军跟玩似的进了南京，再后来是曾剃头的湘军，此地老百姓只知北方大汉的厉害，遇到真正的南方人，一样鼻青脸肿。

南京的城墙有六百多年历史，说起来骄傲，来头很大，境遇却十分凄凉。虽然有"祖宗创业之地"的光环，但是"自成祖定鼎幽燕，南中大内遂为虚设"，结局只能是"宫阙坠而不新，衙宇亦日从凋落"。禁令勿修，听其自坏，好在没有什么人为破坏，听天由命熬到清朝。

人为的破坏从太平天国开始，洪秀全为了修天王府，灵机一动，在取之不尽的城砖上打起主意。这有意无意开了一个很坏的头，此后仿佛患疟疾打摆子，每隔个若干年，便有人就地取材，不肯放过那可怜的城墙。南京曾经历过好多次战争破坏，与人为的拆城墙相比，只是小巫见大巫，连个零头都算不上。

大清朝说完蛋就完蛋，封建社会结束，古城墙也就成了封建余孽。无论北洋政府，还是定都此地的国民政府，包括 1949 年以后，政府都好心干过坏事，民国四年，“为解决江宁旗民生计”“以工代赈”，也就是让八旗子弟去拆城砖卖钱。买主基本上是外国人，于是有了今天的南京大学和鼓楼医院几栋老房子。当时街头有专门卖城砖的店铺，张謇就买了很多带回南通。

蒋介石也动过城墙的主意，黄埔军校迁南京，盖房子要材料，他以校长名义亲自给市府写信，并指示手下先拆了再说。秀才碰到兵，有理说不清，好在当时蒋也不能一手遮天，打来打去，最终还是被南京市府给拦住了。

这些年来，说起南京城墙，常常是如何被毁坏。对掌故有兴趣的读者，不妨去读《南京城墙志》，这是一本诉说城墙历史的巨著，洋洋一千二百万字，内容翔实，读了让人哀叹不止。

提到南京城墙，总会有一点别样感情，谁让我是南京人呢。

2008 年 8 月 2 日　河西

爱吃会吃并能吃

说到创新，人们忍不住会怀旧。一千多年前，欧阳修主持高考，试卷中有个典故他也不明白，糊里糊涂给了个高分。事后小心翼翼请教考生苏轼，没想到回答让人下不了台，原来这典故完全生造，虽然不通，一本正经貌似圣贤，还真把有学问的欧阳修给镇住了。

不由得想到美食家三个字，查一般汉语词典，并没有这词。《辞海》有没有不知道，印象中是陆文夫先生的大胆独创，上世纪八十年代他写过一篇小说，描写一个会吃的人，通俗地说是位“馋嘴”之人，文气一点叫“饕餮之徒”，陆文夫觉得太俗和太文气都不妥，便取名《美食家》，结果小说火了，美食家也立刻家喻户晓，据说法国卖的中国小说中，最有市场的就是这本。

生造和独创玩好了，是最好的创新。陆文夫是家父好友，公认的美食大家，我自小熟悉，不过记忆中父执一辈善于烹饪的，却是扮演电影《家》中三少爷觉慧的张辉。他是父亲戏剧学校的同学，田汉先生的乘龙快婿，曾经大红大紫，有过一大堆粉丝。“文革”中被打倒，掀翻在地闲着无聊，成天研究做菜，在美食的江湖中颇有名声。那时候文化人都在传说他的故事，记得父亲就一直念叨他的佳肴，可惜我没吃过他做的菜。当时我还小，只记得他来借书时很认真地谈过一次烹饪，意思十分简单，无非做一桌菜，必须花很长时间准备，要付出太多心血，又说要请我们大快朵颐一顿。父亲觉得过于麻烦，竟然拒绝了，这让我一想到就觉得遗憾。

我母亲在公安局有位朋友也是民间的做菜高手，特点是什么菜经过他的制作，都可以技高一筹，点铁成金化腐朽为神奇。我永远也忘不了他做的一款黄瓜鸡蛋汤，色香味俱佳，无论怎么模仿，都到不了那种境界。他请朋友吃饭，通常是第一道菜就让人赞不绝口，然后一样一样，吃得你口水直流，吃得你非常幸福。

现如今很多会吃的主，一提到南京便不屑，说传统，不如粤菜川菜的琳琅满目，论流行，没有火锅烧烤的热闹实惠。南京的餐饮往往遭受双重歧视，一是的确做得不够好，任凭多有名气，到这儿就严重变味，变得不认真和马虎。端出来的粤菜和川菜一定会让广东人和四川人嘲笑，而且本帮的看家菜也不能精益求精，什么炖生敲，什么美人肝，就是不肯做地道。二是马善被人骑，人善被人欺，南京人忠厚老实，口味上屡屡被糊弄，吃不到好东西，却被诬为不会吃，苏南的苏州人，苏北的扬州人，都觉得南京人美食方面少一窍。

真冤枉了南京人，凡做餐馆的都知道，此地食客通常有两个特点，首先是嘴馋，没尝过都想试试，没吃着一定不会放过。只要能想到，只要敢经营，不管什么菜系，无论中餐西餐，高档精菜或者快餐，都可以食客盈门。其次是宽容，南京人花冤枉钱没吃到好东西，自言自语唠叨几句也就完事，刚上过这家当，又去受那家骗。南京人冤在总是被别人哄被别人玩，像好姑娘不断地被坏男人所引诱。

嘴馋和宽容是美食家的基本素质，不好吃，不海纳百川，很难品出食物的真滋味。历史上南京出过很多会吃的名角，《随园食单》便在这里写成，民间更是不乏烹饪高手，譬如前面写到的几位。不过会做却不代表乐意把菜单写出来，我一直有个美好愿望，就是把南京的馆子吃遍，广交高厨遍访名师，专攻拿手菜，把心仪的美食用文字形式记录在案，去粗取精博采众长，为南京人不会吃彻底翻案。可惜只能停留在想象上，人的精力有限，口袋里银子也羞涩，此外我虽嘴馋，美食段味毕竟还浅，见识也太书呆子气。

好在终于有人捋臂揎拳跳出来，两位学校专门教烹饪的老师，一个叫武青，一个叫王景晨，艺高人胆大，利用专业知识和便利，借近水楼台，猛攻南京餐馆的招牌菜。认真研究仔细揣摩，一次次筛选，然后把认为有点意思的美味佳肴，编成一册《金陵拿手菜》供大家把玩，既可助爱吃的老饕们就餐时按图索骥，又能让喜欢自己动手的主妇和宅男参考借鉴。真是行家一出手，立刻不同凡响。

美食好歹也算是文化，属于不多的人生乐趣之一，爱吃会吃并能吃，不亦乐乎。

2009 年 5 月 25 日　河西

《新千年文学备忘录》

1952年对卡尔维诺是个重要年份，他29岁了，眼见着就要而立，前途未卜。《分成两半的子爵》出版了，立刻引起关注，他开创了一种新的文学风格，介于寓言和幻想小说之间，说好说坏评价不一。

卡尔维诺也不明白自己的小说究竟怎么样，小说家的信心往往后来才建立。这一年夏天，他受雇于一家报纸，与一个叫莫奈利的人一起去报道赫尔辛基奥运会。莫奈利高度近视，根本看不清楚比赛，全靠他一旁指点，说这说那。结果借助他的眼睛，莫奈利写出了异常精彩的体育报道。

卡尔维诺因此很受伤，明白自己虽然拥有了一双好眼睛，却注定不能成为一名好记者。又过了30年，写小说的他功成名就，获得巨大荣誉，该拿的奖项都拿了，诺贝尔奖正在招手。美国哈佛大学向他发出了邀请，这是很有面子的事，作家跑大学去胡说八道不稀罕，然而哈佛的诺顿讲座门槛极高，受邀者皆是名流，譬如诗人艾略特、小说家博尔赫斯、音乐家斯特拉文斯基。卡尔维诺认真准备，于是就有了《新千年文学备忘录》。

不妨设想一下，如果没有继续写小说，小说没引人注目，而撰写的体育报道大获成功，被广泛传阅，会不会就没有后来那个大家熟悉的卡尔维诺。《新千年文学备忘录》国内有过好几种译本，我最先见到的是译林版《美国讲稿》。辽宁教育出版社的《未来千年文学备忘录》曾在一家书吧翻阅，手头这本书的译者是黄灿然，也是最认真读过的一本，很多年前第一次去深圳参加《街道》笔会，我们曾同住一个房间。

卡尔维诺对中国文学的影响不言而喻，上世纪八十年代，走红文坛的那拨青年没人敢不理睬。他最让人难忘的小说是《树上的男爵》，就像塞万提斯让堂吉诃德与风车决斗一样，卡尔维诺把男爵送到了树上。他让中国同行领略到了什么才是想象，为作家如何幻想做了示范，同时也让我们明白，幻想固然重要，却是最不可以模仿的。

卡尔维诺最后并没去哈佛，出师未捷身先死，后人只能阅读讲稿。这本书的第一章有不同译法，有的译成了“轻”，有的译成了“重量”，孰轻孰重匪夷所思。好在读完便能明白，轻就是重，重也离不开轻。当然他更喜欢轻，而且更喜欢“快”。所以紧接着的第二章便是“快”，他并不懂汉语，要是知道中国人日常生活中真有“轻快”这个词，一定会非常高兴。

一位英国作家竟然这样吹捧，“当意大利爆炸，当英国焚烧，当世界末日来临，我想不出有比卡尔维诺更好的作家在身边”。这个评价有些过高，毕竟过去的一百年，还有不少更好的作家。

2009 年 6 月 19 日　河西

都市男女择偶白皮书

能被书的广告打动并不容易，但是我恰恰因为封面上的一句话，才把这本厚厚的长篇小说读完。不能忘却的是结尾，一个有钱又有貌的都市年轻白领，一个在读者看来应该是让人羡慕的成功女士，木桩似的站在街头，十分感伤地看着自己丈夫，看他和情人在那儿摆摊子卖烤肠，看他在瑟瑟寒风中冻得直跺脚，看他跟情人相互呵手取暖，看他脸上洋溢着她作为妻子从未见过的幸福喜悦。

有充分的理由认为，正是这样一个结尾，正是这样一个本不该和谐偏偏就和谐了的画面，奠定了小说的中心思想。为什么主人公不能给自己丈夫那种幸福的喜悦呢，为什么不能像普通夫妇那样享受床笫之乐，却要让老公偷偷躲进卫生间，靠自摸解决个人烦恼？小说家给出的答案似乎十分简单，因为门第不对，门第阻碍了货真价实的爱。事实上，这本书的书名就叫《门第》，小说不应该从纯粹的观念出发，然而作者硬是走了一步险棋，旗帜鲜明毫不含糊。

传统小说中并不缺乏门不当户不对的故事，这其实是一个制造矛盾的老套，不过在观念上，像这样旗帜鲜明，像这样赤裸裸的，倒还真是不多见。通常都是从纯粹批判的角度出发，借门第之不平等，叹人生之大悲哀，仿佛琼瑶阿姨那样，基本上都是抢地呼天，流着泪讨论谁对谁错。而且名义上是讨论，结论早就做了出来，是非早就有了公断，即使傻瓜也明白要说什么。因此中国传统的言情小说中，门第不过是个公共容器，谁都可以往里面吐一口痰。

《门第》被称为“都市男女择偶白皮书”，重要原因在于它的现实性，当然也离不开它的可读性。小说或好或坏，让人能读下去都是必需的，这是一部很快就可以读完的书，叙述流畅，人物生动。故事一目了然，结论已不重要。婚姻出现这样那样的问题，自古就不可避免，《孔雀东南飞》中两个相爱的人为了长辈粗暴干涉一起殉情，《铡美案》中陈世美因地位改变而背叛秦香莲，艺术作品总是习惯用活生生的事例来演绎，用血淋淋的场景来警示，《门第》也没有什么例外。

好的小说往往没什么答案，《门第》自始至终，都在顽强地告诉读者因为什么由于什么。事实上，很多困惑说与不说，讨论不讨论，结果都一样，有答案就是没答案，没答案恰恰就是答案。文学解决不了什么实际的问题，不是教科书，艺术来源于现实，都市男女在择偶前，临时抱佛脚翻阅一下这本书，显然不是什么坏事。

2009年6月20日

《小不列颠札记》

陆灏兄知道我去了几天英国，便寄本书过来，一位美国人写的，书名《小不列颠札记》。大约知道我喜欢胡乱写文章，也知道会“读来特有感触”，为了让人心知肚明，让人自惭形秽，十分善意地用这书来做提醒。现如今文章高手如云，千万不要不自量力，再写那种到此一游的浅薄文字，这很丢人害人。

很快把《小不列颠札记》读完，读后，心头仿佛横着一根刺，有许多天的不痛快。首先后悔出国，花了那么多银子，还不如躺在床上读书。秀才不出门，能知天下事，说老实话，什么亲眼所见，什么体验生活，有时候都是骗人鬼话，都是花钱买罪受。古人读万卷书行万里路，其实有前提，意思是说行万里路前，你得先读万卷书。

为去英国，还真重温了一些书。坐飞机到伦敦十多个小时，腰酸背痛，便想到一百多年的前辈刘锡鸿，同样路程花五十天才能到达，刘是清政府的驻英副使，显然要坐头等舱和特快。这是坐船，后来的朱自清坐火车，一路看看玩玩，到伦敦是半个多月。朱自清有一本书叫《伦敦杂记》，不过我觉得更好看的是这段时间的日记，那里有些东西见不得人，见不得人，所以才好看。

《小不列颠札记》的作者布莱森是美国人，一般人读这书，觉得它好，很轻易就下结论，人家在英国的时间长，待了二十年，而且母语是英语。当然这只是说现成话，一辈子都在大不列颠的人，未必能写出好看的文章，文章这玩意货真价实，好就是好，不好怎么吹捧都没用。布莱森的书很畅销，是“全世界最受欢迎的旅游作家”，这头衔不是凭空而来，其“风头之健不亚于当年的‘披头士’乐队”，这基本上是事实。

布莱森的文风让我想到了深受读者欢迎的房龙，前些年有记者采访，问喜欢什么样的作家，我随口提到了房龙，她立刻露出不屑，竟然咄咄逼人追问，难道不觉得他太浅薄吗？为此我一直耿耿于怀，心里明白浅薄的不是房龙，而是我，应该报出几个时髦的哲学家名字吓唬记者。

英语中随笔这一路，确有高手，所谓高，能把稀汤寡水的小事，写得十分有趣。然而是否有趣也得看人，英雄可以不看出身，文章却还得看作者，还得看读者。一位朋友在英国待了许多年，谈起布莱森，说布氏受英国人欢迎的原因是两种味道结合得恰到好处，既有美国人粗俗生动的活灵活现，又不乏英国绅士睿智的冷峻犀利。这就是布莱森文字的魅力所在，板着脸说笑话才有趣，英国人有时候会觉得自己太有文化，所以喜欢文体上稍稍有些出格，美国人觉得自己太没文化，所以喜欢文风纯正带那么点贵族气。

2009年9月3日　河西

《蓝胡子的蛋》

有人问加拿大女作家阿特伍德，对今年新科诺贝尔文学奖得主有何看法，她的回答也干脆，一点都不扭捏，说这水平的作家，当今世界起码可以找出五百位。考虑到获奖人是女性，让女士来评价女士，很容易八卦，而且如此直截了当的提问，通常是中国记者，一查出处果然。

我小时候判断一个作家好坏，不知道这奖那奖，总是看放在书架上有多少作品，以厚度为准绳，以数量为标准。父亲喜欢藏书，只要是个大作家，就一定会有一大堆书。这判断搁“文革”前，应该不会错，回到上世纪八九十年代，基本上不会错。现在就有些难说，书店里书太多，书橱里书也太多，究竟谁才是好作家，一时真说不清楚。

短短几年，阿特伍德在中国出了二十多本书，我不想用数量来说明火爆。事实上，她一点也不流行，书一本一本出，出了也就出了，并没有多大反响，很多人谈起她，都是说点皮毛。这就是当下文坛的真实现状，说不上好，也说不上不好，每年有很多的书在出版，多只是一方面，真正看书的人并不多。

到目前为止，阿特伍德的小说我读完的有两本，一本是《珀涅罗珀记》，一本是《蓝胡子的蛋》。她的代表作应该是《盲刺客》，毕竟得了布克奖，不过太厚，有四百多页，能不能有耐心读完，还真不敢说。读完的这两本都很适合阅读，《珀涅罗珀记》是重塑神话，当年写《后羿》，重庆出版社曾向我隆重推荐。

《蓝胡子的蛋》是不是代表作，很难下结论，按照惯例，大众心目中的代表无非两个元素，一是得奖，一是印数。《蓝胡子的蛋》所缺的恰恰就是这两个，然而她的小说都算不上畅销，得大奖的也是少数，因此，与名声显赫的长篇小说相比，也许《蓝胡子的蛋》更容易让读者了解。

条条大道通罗马，了解一个作家难免快餐心态，都希望花最少时间，获得最大信息，收获更多的阅读愉悦。本书的译者柴妞显然比我们更熟悉阿特伍德，经过比较，她认为《蓝胡子的蛋》的意义在于，阿特伍德后来又写一系列长篇，而这些小说中“重要的关键词和技法”，在本书中已均有体现。换句话说，只要用心去读《蓝胡子的蛋》，就可以认识一个清晰的阿特伍德，对她的文学风格就能基本把握。

《蓝胡子的蛋》是本很有特点的短篇小说集，我读得津津有味，很乐意推荐给读者。不管怎么说，阿特伍德都算幸运，尽管国际文坛上已享有大名，中国的热心读者其实并不多，不多的读者却能轻易读到各种译本，也可以算作是出版界的亮点了。

2009年10月14日　河西

难忘胡利娅姨妈

上世纪六十年代，拉美也搞“文化大革命”，一批作家集体发力，轰轰烈烈玩了一次文学爆炸。二十年后震惊中国，直接影响了新时期文学。文学新人言必称拉美，开口马尔克斯闭口略萨，一时间成为流行，我混迹其中自然不能免俗。那年头只要是拉美小说，必定认真拜读，同时不放过边角作料，比如访谈和逸闻。

记得有篇报道，说刚成名的马尔克斯与略萨一同坐飞机，看着年轻气盛的同行，不免一阵阵泛酸，毕竟他虚长几岁。一个是文学新贵，一个早已功成名就，好汉遇到英雄，虽然嫉妒，心里磨刀擦枪，惺惺相惜还是立刻变成好友。略萨干脆放下架子，以这次见面为契机，写了一本《加西亚·马尔克斯：弑神者的历史》，靠它获得了正经八百的博士学位，说正经八百，因为此后又获得很多荣誉头衔，牛津剑桥耶鲁哈佛都向他扔过博士帽。

略萨后来又在马尔克斯的脸上打过一拳，很另类的一种致敬，两人彻底翻了脸。个中原因为贤者讳，大家都不太愿意说，反正不再是哥们，都躲着对方不再见面。最杰出的两位拉美作家闹成这样，让喜爱者心里很不是滋味。拉美作家皆不太甘于寂寞，血管里盐分多，里比多也强烈，坚决不回避政治。马尔克斯喜欢古巴的卡斯特罗，为抗议智利政变，文学罢工五年。略萨有过之无不及，年轻时参加共产党，学习马列著作，研究毛泽东思想，后来思想右倾，成为政党领袖，参加总统竞选，一度还处于领先，眼看就要黄袍加身，最后输给了日本人藤森。

略萨肯定咽不下这口气，仿佛中国与巴西踢足球，最后赢得比赛的是我们。我书橱里收集了一大摞略萨的著作，拉美作家在八十年代最幸运，他们拥有广泛的中国读者。当然也是最不幸，基本上没有任何版权收益，都“为人民服务”了。说到略萨，我看的第一本小说就是《胡利娅姨妈和作家》，那时候经常琢磨，想象胡利娅姨妈的模样，一直没见过照片。

时隔二十多年，略萨把版权给了99读书人，于是又有机会见到他的一系列作品，见到最新版的《胡利娅姨妈和作家》。书十分漂亮，迫不及待地翻开，有点失望，还是见不到美丽的胡利娅姨妈。也不明白自己为什么会如此低俗，爱屋及乌，喜欢略萨便难忘胡利娅姨妈。意犹未尽上网找，仍然寻觅不到倩影，倒是无意中发现过去的老版本，原价几元钱，翻了二三十倍。一本九成品相的书，已涨到60元，都没经过作者授权，以后也不可能再印。

拉美的文学爆炸，与我们的青春岁月密切关联，一想起略萨和马尔克斯，仿佛又回到火热的当年。可惜因为版权纠纷，很多佳作已经太久不见。好在99读书人正做努力，但愿有一天，马尔克斯的著作能和略萨一样，又一次出现在书店里。

2009年12月21日　河西

《老八舍往事》

对女生宿舍一直有莫名其妙的好奇，前辈女作家苏青忆当年大学生活，难以忘怀宿舍角落的老式木马桶。苏青是我的校友，她上大学那会儿，中央大学（南京大学前身）如日中天，国内首屈一指，一个本该隐秘的细节大煞风景，让今天许多美丽的白领跌落眼镜。

我上大学是三十年前，那年头女生金贵，一栋楼住不满，底层不得不留给男生看家护院。中文系男生还没这福气，每次楼底下经过，窗前晾挂的花衣服万国旗一样飘扬，心里就忍不住乱想，女生宿舍到底什么模样。说来惭愧，大学混了七年，竟然没去过一次。

作家方方与我同届，送了一本书给我，说是写老八舍，很好看。一时间脑子迷糊，以为写了南京大学的老八舍，很快明白我们不是一个母校，人家武汉大学，萝卜不是青菜，此老八非彼老八，唯一相同点是都住女生，还有个别运气好的男生。

武大与南大历史相似，老牌子，都传统都保守。抗战前，常与浙江大学联合出考卷，统一招生，颇有与北大清华抗衡的意思。粉碎“四人帮”后，两校的中文系暗结梁子，武大那边把程千帆和谐了，退休到街道，南大这边立刻出手，将程先生揽入囊中并供为招一失一得亏大赚足，有人欢喜有人愁，联手向北大叫板的壮举，再也没发生过。

他山之石可以攻玉，《老八舍往事》说的是武大七八级中文系，我读着仿佛在看自己的故事。毕竟我们有差不多的经历，拿同样的准考证，老少齐进考场，稀里糊涂被录取。虽然不同学府，喜怒哀乐基本一样，面对相同世界，遭遇好和不好的老师，苦读有用和没用的书，亲历伤痕文学，为中国男排或女排胜利疯狂。

《老八舍往事》是同学聚会的产物，以当年原始日记为纲，加上同学们跟帖式回复，配上文物似的老照片，结果成为一本很有意思的书，既生动又别致。往事由细节串联，细节又决定了一切。记忆往往靠不住，有时候得拿出原物才行，看真凭实据才放心。中文系出书呆子，舞文弄墨日记笔记，有这些旧案底，回忆靠谱许多。

老同学聚会十分时髦，吃吃喝喝也玩不出新花样。荣华富贵不还乡，恰如锦衣夜行，比基尼憋屈在老棉袄里，前几日网上报道大款摆阔，一挥手扔掉了四十万。怀旧旗号的聚会我一向畏惧，玩来玩去，就像小说《围城》中所形容，无非混好的出风头，有钱的充冤大头，情人们趁机做花头。现在事实已证明是错的，同学聚会可以有所作为，也能出人意料，譬如编本《老八舍往事》。

往事三十年，当初弄不明白女生宿舍，空怀想象，徒有偷窥之心，如今有这样一本书，终于略知一二。

2010年2月15日　河西

关于《色·戒》

李安的这部电影，大概不太会有人说它不好。电影结束，灯光亮了，听到的是一片叫好。为什么呢？或许有这么几个简单原因，首先，如今好电影不是太多，导演一个个很牛，明星也很牛，好像只要和电影沾着就了不得，能让人货真价实说声好的实在太少。好电影太少，一部相对好的出现，立刻就引人注目。

其次，就是导演好，好的导演能够很好地把握分寸，说老实话，和写小说一样，电影也不是什么大不了的事，好好去做，认真去做，一个有点能耐的人把它做好完全可能，可惜我们经常遇到的不是这样。

第三，艺术说白了就是少犯错误，看这电影的时候，我总是在想，它可能会有什么不妥，故事看完了，并没有明显的不对，这戏就站住了，就成功了。当然，如果非要找点不足的话，王佳芝最后说的那句“你快走吧”，铺垫还是不够。张爱玲原著中，这地方就很突兀，结果她把这篇小说捂了几十年才肯拿出来。李安的电影其实也只是为了解决这一句话，有人说，删了床上的戏，所以分量明显不够，我看的版本没有这些镜头，所以也不好妄加评论。

说起来很有意思，二十一年前到出版社当小编辑，编的第一本书就是张爱玲的小说集。如果没有记错，张爱玲的《色·戒》在大陆最先与读者见面，应该是我编的那本《小艾》，在这中间做联络人的，是大名鼎鼎的柯灵先生。当时出张爱玲的作品还很有些阻力，柯灵先生的观点十分简单，张爱玲的小说是好东西，能够出版就行，好坏且让读者去评价。

后来张爱玲的小说热起来，出版社靠她的书赚了不少钱，我们连稿费都没给人家付。印象中，只是转寄了两本书给她，好像是通过她的姑妈，也是柯灵先生联系的，张爱玲最后究竟有没有收到，这事也只能是天知道了。在上世纪八十年代前半截，某些书能够出版，就是开恩，就得谢天谢地。我想张爱玲的心里可能不是滋味，一定会有严重的不满意，但是想到大陆有人能读到她的作品，多少也会有些安慰。毕竟小说是写给别人看的，没有人读才是对一个作家的最大惩罚。

某些正人君子眼里，张爱玲既有汉奸的嫌疑，头上还戴着一顶色情和淫秽作家的帽子。我们出版系统的一位领导，曾在大会上痛骂张爱玲，言下之意，出版她的著作是大错特错。三十年河东，四十年河西，时代早已变换，如今张爱玲的传奇仍然在不断被书写，凡能和她沾上点边的花絮，都变得神秘兮兮，而李安这部不错的电影，很可能又会让已快过气的张爱玲再火上一把。

2007年11月1日

《潘金莲的发型》

书名非常醒目，云鬓花颜，乱花渐欲迷人眼，远远看着眼睛一亮，好色之心油然而起。我这把年纪的老汉，回想青少年时代，正面美女是革命烈士，是江姐，是刘胡兰，反面是《林海雪原》的蝴蝶迷，是《水浒传》的潘金莲。

好一个潘金莲，“从头看到脚，风流往下跑，从脚看到头，风流往上流”，此潘非彼潘，然而这潘，又确实是那潘。很想知道潘金莲的发型，她是古人，活跃在色情小说里，更多的是床上镜头。具体长什么模样，还真说不准，只知道胜在“缠得一双好小脚儿”，动不动把“一对小金莲做露出来”勾人。

古人好足，犹好三寸金莲的小脚，时至今日，美女照例都烫头，离子烫陶瓷烫，还要大波浪，染各种颜色。潘金莲的发型，自然不是好莱坞明星的款式，凭想象也猜不出，只能读书学习。我喜欢这书名，发型两个字容易引起歧义，不知不觉就后现代了。

孟晖的《潘金莲的发型》很严肃，是轻松好看的学术著作。这年头，严肃不是好事，轻松好看未免讨巧。严肃不卖钱，轻松和好看会被高雅人士鄙视。你根本弄不明白读者想读什么，反正就个人趣味而言，这是本让人愿意读的书，我喜欢那里面的知识。

在书中，你能发现许多古代日常生活中的细节，除了潘金莲那似是而非，又吊人胃口的发型，还可以看到衣食住行的历史碎片。我们看中国古代女性如何化妆，对镜如何“贴花黄”，涂什么胭脂，抹什么粉。南朝女人的裙裤，六朝名士的休闲服，张生吊膀子时送女孩子的礼物，李清照穿过的新潮时装，配上来之不易的图片，侃侃而谈，雅和俗皆可下笔，每一段都很有文化。唐人的乳酪酥，元人的冰淇淋，李渔的“花露拌饭”，对洗澡水的色情猜想，古代女人心目中的美男标准，娓娓道来，无一处无来历，每一笔皆好看。

有人天生喜欢关注细节，凡事都认真。认真了，便会有所觉悟。说白了，艺术就是细节。对于艺术史，孟晖是科班出身，又有法国求学的文凭，浓厚的个人兴趣，加上自己的独特经历，让她写这类文章举重若轻。确切地说，是举轻若重，能以小见大，四两巧拨千斤。相对于她的其他著作，这本书最流畅，最适合我这样的普通读者阅读。

书名源自书中的“潘金莲与髢髻”，这里的“髢”我是借用，原字下面应该是“狄”，发音相同，都是假发的意思。偏偏电脑打不出，查《说文解字》和《康熙字典》，也没有这字，显然太冷僻了，不适合做书名。

2010年4月1日　河西

我们心中的孔夫子

山东有个地方，自恃孔子故乡，前不久拨乱反正，弄出一标准像。一家石雕厂经营专卖，做了8686尊，大张旗鼓宣传。我一点都不觉得那塑像可爱，孔子是圣人，凭什么你随口一说，就标准了。

孔子长什么样，真说不清楚，说不清楚最好办．吴道子画了几笔，一供在那就是上千年。每个中国人心中，都有一位孔子。艺术是什么，是我们脑子里的那些念想，是心头的痒痒，通过不同的语言形式，成为我们感官可以触摸的现实。小说家的语言是文字、是故事情节、是人物关系，到了雕塑家手上，是雕和塑、是石头和泥块、是青铜和铸铁。

我喜欢吴为山的孔子塑像，隐隐觉得，就应该是这个样子。有一把年纪，有些模糊，威武，不做作，又带些烟火气。伟大人物还能有那么点烟火气实在是个好事，我对雕塑是外行，以喜欢不喜欢来评价艺术作品，显然会很可笑，但是这总比不懂装懂要强。

印象中的孔子有许多面孔，吴为山这尊最能打动我的，是它的气韵生动，是它的大写意，是既像又不像。所谓像当然是指神似，是指能在孔子脸上，看到普通人的鲜活表情，这在其他雕像上很难看到。多少年来，孔夫子不断被神话，已不再是一个普通人。吴为山还原了历史真相，消解了孔家店里的神话。当然，仅仅神似一个普通人，还算不上成功，艺术往往在像与不像之间，吴为山的孔子所以成功，与其说是像，不如说不像。很难说他的这个雕像，与历史上的哪一尊相仿佛，事实上大家见到的，只是他心目中的孔子。大家看了喜欢，不住地要赞叹几句，无非是想说，他心目中的形象与我们心中的不谋而合。

塑造古时候的人物形象，除了写意，别无他法。文字中记载的孔子肖像，都是写意风格。在司马迁眼里，是“其颡似尧，其项类皋陶，其肩类子产，然腰以下不及禹三寸”。这些话说了跟没说一样，张三像李四，李四什么模样，天知道。总的说来，文字塑造的孔子，除了个头略高一点，没有任何今天酷男的影子，笔调却大致统一。孔老二不是美男子，不仅不美，说老人家有点丑，也算不上大错。

我喜欢的明代作家张岱笔下，凡属圣贤，都有奇怪的容貌。尧的眉是彩色的，舜是重瞳，文王有四个乳房，仓颉有四个眼睛，说到圣贤至圣的孔子，竟然有四十九个特征，随便挑几个都足以吓人一跳，譬如反首、月角、河目、海口、牛唇、骈齿、龟脊、手垂过膝、立如凤峙、坐如龙蹲。这些特征都只可意会，不知道吴为山做雕像，是否看过张岱的这段文字。

2007年2月15日

《向着太阳歌唱》

为青少年推荐合适读物，是个头疼的问题。有一天，一位朋友跑来，带着他的宝贝女儿，希望我能提供一本书给她看。我感到很为难，朋友说你有那么多书，随便挑一本好书不就行了。我说难就难在好书不容易找，朋友笑了，说你这里难道全是坏书不成。

不知道如何解释才好。熟悉的朋友都知道我书多，也知道我喜欢读书。说老实话，纯粹的好书坏书都是极少，关键在于给谁看。通常情况下，合适的读物就是好书，譬如托尔斯泰的《战争与和平》，是世界名著，硬把它推荐给青少年，就有些不合时宜。又譬如《红楼梦》，是中国古典文学的精华，中学生暂时不去读，也没什么大不了。

自从开始识字，各种招牌的选本见过很多，那些语录体的小本子，还有《古文观止》，还有《唐诗三百首》，目的都是活学活用，删繁就简，希望走一条近路。我不太赞成走近路，好货不便宜，太轻易，就可能出现问题。不过，这并不意味着不要读选本，毫无疑问，读肯定是比不读好。事实上，我自己就曾经受益于这样那样的选本。在应试教育的大背景下，我们的青少年实在太忙了，读书不得不讲些效率。

然而要讲效率，多少有点打自己的嘴，因为我一向反对投机取巧，反对带着功利目的读书。读书不是做买卖，同样一本书，不同的人读了，效果也不一样。不赞成走近路，又要讲效率，我显然将自己深陷在矛盾中。好在《向着太阳歌唱》是一本解决这种矛盾的书。首先，它非常适合推荐给朋友的女儿看，书虽然很厚，读起来却省事。为了方便读者，编者在分类上，花了不少功夫。省事不一定全是好事，毕竟不是坏事，对于时间紧张的青少年来说，总不能再让他们太费事吧。其次，需要强调的是，一本省事的好书，并不意味着拥有者就一定能够从中得到回报。换句话说，路再近，还得靠人用脚去走。读者必须真正感动才行，天底下没有这种便宜事，不可能因为父母购买了一本好书，子女在思想上就立刻成为雷锋。好书只是美好愿望的一部分，它要求读者用心去读，用心去感受。

我极力推荐家长也能认真读一下这本书，从表面上看，这是一本陶冶青少年心灵的读物，事实上教育家长同样有效。可怜天下父母心，我自己就是一名中学生的父亲，将心比心，无论是为孩子打算，还是替家长着想，都没有理由不去读这本书。一味地想省事，只愿意走近路，总不太好，如果我们当父母的自己不能被打动，自己的心灵不能净化，有什么理由相信孩子们会喜欢它呢？

2003年6月6日

二〇一〇年的阅读

旧的一年过去，回忆一下阅读也很有趣。一年三百六十五日，书差不多天天要看几眼，搁过去是没办法说，因为读得太多，想象不过来。现如今不同了，精力有限，思想总是晕乎乎，明显不如过去读书多，依稀只能记住几部。印象不深的都忘了，大脑已没多少内存，基本上接近老年痴呆。

先说看字帖，过去也喜欢看，这一年功夫最深。常读的是胡小石的一本书法作品集，名字很怪，叫《胡小石书法文献》，很厚，价钱也不菲。还有就是谭延闿临摹的《麻姑仙坛记》，别人觉得不可思议，自己也觉得奇怪，为什么会对一本二手书如痴如醉。胡小石是学问大家，他知道自己的字好，不愿意别人把他当书法家。谭延闿的颜字功夫举世公认，官做得很大，国民政府的主席，是名义上的国家元首。

说不明白是喜欢胡的学问，还是羡慕谭的官大，反正喜欢这两人的字。他们的字，恰巧有我所欠缺的那份雄劲和有力。不断地反复读帖仿佛小孩子看连环画，越读越有味道，太太教训，说我不务正业，于是让读比较文学的女儿找了本《盲刺客》，阿特伍德的代表作，读一半，不想读了。

有一阵子，一本接一本看比尔·布莱森的旅行笔记，这家伙文笔真好，美国人，英国腔调，如果让我推荐，上海译文出版社的那几本，每一本都很精彩。当然总字数也够多，有一百多万。说老实话，要是没钱出国，好好读读，不比跟旅行社出去周游列国差。卧床读书，梦游万里，省钱长知识，这买卖绝对值。

我似乎已失去了看小说的兴趣，突然想到了几本自传，都好，都值得翻阅，朱东润的《朱东润自传》，杨宪益的《漏船载酒忆当年》，周一良的《毕竟是书生》，巫宁坤的《一滴水》。很愿意为它们做广告，吆喝几句，这些书可以读应该读。

还有就是网上文字，这是真正的免费大餐。有些书买不到，只能在电脑上学习，譬如龙应台的一些书，很多人不光拜读，还在酒席上大肆议论。我常常想，自己要是有本书常在饭桌被人说起就好了。

对了，又想起两本书，一位是在哈佛混的南京老乡朱小棣写的。他的本行是研究房地产，却没有回国捞大钱，躲在美国的校园写作，用英文重写《狄公案》，并在国内出版了两本书，一本《闲书闲话》，一本《地老天荒读书闲》。美国的房地产看来真不景气，一个做研究的学者，竟然有闲情写闲书。

2011 年 1 月 12 日

《散文中的散文》

中国古人眼里，文字不押韵，凑在一起，马马虎虎都可以算散文。散文没一定之规，可以是经，可以是传，可以是史，也可以书信游记序跋。当然，还有一句都熟悉的名言，散文形散神不散。

差不多的道理，外国文学中类似文字，也被我们定义为散文。散文的要害是文，要有文，不是散。甲骨文中的“文”，字形仿佛纹理纵横交错，所谓文，就是花纹，就是美的意思。文不仅是名词，还是动词，文质彬彬，然后君子。前些年开始，突然流行“美文”一词，原因不外乎现在“文”都不美了，大家数典忘祖，已忘记这字的本义，只能同义重复，本应该美的文前面再加上个美。

《散文中的散文》也是这意思，散文门槛太低了，牛鬼蛇神草率行文，乱七八糟随意成篇，结果形也散了，神也散了。于是编书的人决定清理门户，标新立异，强调“文中之文”，筛选出散文中的精华。高人一出手，就知有没有。牛皮不是吹的，只要浏览目录，立刻会明白这本书有多厉害。强大的作者阵容，都是世界一流顶尖选手，再看看译者的名字，更是如雷贯耳。

我一向不太赞成专业写作人士去读精华本，只读好书的说法有些托大，更有些偷懒。转益多师，读书本无禁区，什么书都可以读，仁者见仁智者见智。读书没有一定之规，不过话又说回来，对喜欢散文，尤其那些喜欢外国散文的读者来说，读一个好的选本，也确实是一条捷径。取法乎上，名人自有名人的道理，既然我们的阅读时间有限，为什么不尽可能去找那些眼光精良的选本呢。

回首过去几十年的阅读史，中国作家不管小说，还是散文，在借鉴外国文学方面，多少都会得益于一本叫《世界文学》的杂志。它的前身是上世纪五十年代开始发行的《译文》，对当代中国文学的影响非同小可。“文化大革命”中曾一度被迫停刊，被认定为是传播有害思想的毒源，在封闭保守的年代，它是我们的枕边秘籍，伴随了几代人的成长。《世界文学》是一扇不大的窗户，我们因此大开眼界，窥探到了外面世界的绚丽灿烂。

《散文中的散文》即将出版，它是对以往历史的一次梳理，内容全部来自《世界文学》，以翻译发表的时间为序，凝聚了外国文学研究者多年的努力，代表着几代人的集体趣味。它是外国优秀散文的冰山一角，就像一串璀璨的珍珠，不仅出自文学名家之手，是大师们的经典作品，精华中的精华，更为重要的，是清晰地提供了一条线索，展现出外国散文在中国的影响轨迹。

2010 年 4 月 24 日

父亲的智慧

有什么样的父亲，就有什么样的儿子。这句话不是简单的遗传学，而是强调教育的重要。一般人印象中，父亲溺爱孩子天经地义，有些做父亲的并不是皇上，甚至穷困潦倒，可他们那些可爱或并不可爱的孩子，一个个都是货真价实的小皇帝。

我父亲对儿子根本谈不上溺爱，也许一生太不顺心，过于书生气，年纪很轻就当了右派，一直在从事一份自己并不太愿意干的工作，记忆中，我从未对父亲提过什么蛮横要求。我不喜欢要这要那，甚至连最普通的索取，也很少向他开口，衣食住行这类生活琐碎，根本不归父亲管。

我伯父谈到自己与祖父的关系，感慨最深的是祖父过世，从此少了个谈话的对象。伯父一生都与祖父生活在一起，煮酒对坐，促膝倾谈，有这样的感受并不奇怪。父亲自从离家参加革命，从此天南地北，因此他和祖父难免有一种断裂。多年父子成兄弟，我和父亲的关系正好与伯父相似，子承父业，我们父子之间更多的只是些谈话，成天喋喋不休，用母亲的话说，像一对好斗的蛐蛐。你来我往，永远有说不完的话题，在这样的谈话中我得益很多。

蒂姆·拉瑟特在美国是个家喻户晓的人物，是著名的“媒体明星和政治操盘手”，这当然与从事的行业有关，他是国家广播公司（NBC）最热门谈话节目“会见新闻界”的主持人，无论当选总统还是准备竞选总统的人，对他的“顶尖采访者”的身份都十分忌惮。由于看不到他主持的电视节目，我只能通过两本书来了解这位“清洁工的儿子”。蒂姆的两本书的关键词都是父亲，第一本书是蒂姆父亲的故事，第二本书是因为蒂姆父亲而引发的别人的父亲的故事。我无意评价这两本书的优劣，平心而论，如果有可能，大家最好把这两本书都看一下，尤其是后一本，更加直截了当，更加清晰可读。

为什么一些非常普通的父亲话题，能引起大家那么大的兴趣，造成那么强烈的反响，作者竟然收到将近6万封关于父亲的来信。出身贫寒的蒂姆最终成了大名人，他的成长历史对常人来说无疑有励志的妙用，但是很显然，读者被打动绝不仅仅因为蒂姆是名人。

在蒂姆的这本书中，可以读到那些被放大和聚焦的父爱。因为聚焦和放大，阳光射向了被遗忘了的角落，我们会突然意识到世界上有太多的父爱正被忽视。事实上，这样的忽视带有普遍性，不只是发生在名人身上，也不只是美国人独有。父爱如山，不识庐山真面目，只缘身在此山中。

掩卷沉思彻夜难眠，当年与父亲侃侃而谈的情景，活生生地就在眼前。

2008年12月18日

《爸爸，我们去哪儿》

这是法国作家傅尼叶的一本新书，刚开始，我只准备说一两句好话。在别人著作的封底写几句推荐词，来一段广告语，如今很时髦，正变得更庸俗。有时候是被迫这么做，我们常碍于情面，完全出于无奈。然而为了眼前的这本书，我不仅想说几句，还打算写篇文章。

每当我看到这些广告词，内心深处总会有疑问：

☆荣获 2008 年法国费米娜文学大奖！
☆法国文学畅销榜第一名！
☆在法国出版未满一年，已感动超过 500000 名读者！
☆出版不到两个月，便在法国创下单日销售 2000 本的佳绩！
☆翻译版权售出美、日、韩、德等 24 个国家，仍在热烈增加中！

在一个逢“奖”必大的年代，我不太明白“费米娜”奖有多大，法国文学奖太多，只知道这奖曾给过一个中国人，他写过一本叫《巴尔扎克与中国小裁缝》的书，还知道它的评委全是女人，全是女

《巴尔扎克与中国小裁缝》的书，还知道它的评委全是女人，全是女作家。“最佳礼物书”“畅销榜”“单日销售 2000 本”“翻译版权售出”，所有这些，中国人都不陌生。

陌生的还是这本书，一本不太厚的书，字数不足 3 万，究竟会是什么样的质量。出版不满一年，为什么能够感动 50 万名读者。因为对感动这个字眼的怀疑，或者说怀疑具体数字，我情不自禁将书翻了一遍，结果却是，真被深深地感动了。

三言两语，说不出感动的原因。为了阳光一般的父爱，为了不离不弃，为了面对困境激发出的勇气，书中太多情节，让人动容、让人莞尔。更重要的是，它以非常健康的气息，通过全新视角，让正在日趋麻木的我们，重新审视世俗生活。

这本书充满了智慧，在生命的伤痛与困境面前，微笑像鲜花一样盛开，幽默成了对付痛苦的最好利器。这是一封很长的信，收信人是作者的两位残障儿子，一个连话都不会说，另一个只会说“爸爸，我们去哪儿”。他们甚至不明白这话的意思，如果说家庭有个残障儿，就是遇到了一次世界末日，那么这位倒霉的父亲，一生中竟然接连遭遇两次。

为人父母天下至善，父亲就是父亲，父亲必须得像个父亲。作者并不想让读者过于悲伤，但是在阅读的时候，还是会潸然泪下。不知不觉，你已经被打动了。那一天，我太太从外面打电话回来，听着我的异样语调，连连追问为什么。我无话可说，坦承正在读这本《爸爸，我们去哪儿》。太太非常意外，她想不太明白，究竟是一本什么样的书，才能让一个整天在家胡编故事的男人感动。

2010 年 6 月 3 日

《黑子散文》序

上海的朋友常常问我，说你们江苏的黑子，究竟是怎么样的一个人。我觉得很难回答，灵机一动，忽然想到了赵长天。我就说，黑子就像你们上海的赵长天。

前些年，交通还不像现在这么方便，从南京出门，动辄就得从上海转飞机转火车。有一年从重庆回南京，路过上海，想到火车票有些发怵，一起开笔会的陈村自告奋勇，说简单，打个电话就行。于是就打电话。接电话的便是赵长天，他乖乖地买了火车票，老老实实在上海恭候。偏偏那天的火车误点，是晚了四五个小时还是七八个小时，已经记不清，反正赵长天折腾了整整一天，买票退票，再买票，见到我们时，一脸疲倦相。我们很过意不去，时间紧迫，就算是感激，也只能说几句客气话，然后匆匆作别。

赵长天是上海作协党组的领导，我们是浩瀚作家队伍中几个外地写小说的人。麻烦一下赵长天，自然是偶尔为之，坏就坏在中国作家太多，大家都是偶尔为之，便有害死人不偿命的嫌疑。当官的天生有两种，一种是不烦神，另一种是瞎操心。黑子和赵长天一样，也是江苏作协党组的领导，我常常和黑子开玩笑，说你成天瞎忙什么。黑子哭笑不得，知道生气也没用，就一个劲地叹气。看人挑担不吃力，一个人说现成话总是很容易，这世界上真没有了瞎忙瞎操心的，麻烦就大了。

有一年在广州蹭饭，《作品》的主编畅干华酒喝多了，一个劲地叫“俞书记”，黑子也喝多了，人家叫一声“俞书记”，他必定义正词严地纠正，说自己是“俞黑子”。书记是官衔，黑子是笔名，两种叫法都对，主人不明白客人为什么斤斤计较。于是酒席上，“俞书记”和“俞黑子”像绕口令一样，颠过来倒过去，最后两个人都醉了。我们在一旁看着直笑，看他们出洋相。黑子常常流露出东西写得太少的苦恼。我在纪念父亲的文章中，曾提到父亲一生都是想写，结果却写得实在太少。

黑子读了这篇文章以后，大为感叹，他当然不是觉得我的文章写得好，而是感叹自己做官为吏，俗务太多，耽误了太多的可以用来写作的宝贵时间。黑子因为写东西才当上官的，当了官必然影响写东西，这是一个解不开的结，要当官，就得认这个命。

我从来没有替别人的作品写过序。黑子点兵点将，临了决定让我来为他的散文集写序。我有些惶恐，佛头着粪，狗尾续貂，这些现成的词，一个个要从我的脑海里迫不及待钻出来。写序实在应该是前辈作家的专利，黑子说他偏要别出心裁，让一个“小朋友”来写序。我在黑子眼里，是个小朋友毫无疑义，他开始写东西的时候.我还是个小学生。我想黑子让我作序，无非两个用意。一是气量不凡，给学生一个面子，北京大学的谢冕先生便让他的学生黄子平写过序。另一个是督促自己，这些年来，黑子总眼红我们这帮专业作家写得多，他在瞎忙，替人作嫁，我们却趁机大写特写，一个劲地捞稿费，仿佛是比赛，一不留神，有人已经偷偷地跑出去了一大截，他不服气，因此拍案叫阵，准备让我辈看看颜色。现在的这本散文集只是黑子正式起跑的开始。在过去的一年中，他写的字数比我还多。过不了多久，该眼红的可能就是我们这些专业作家了。

阳澄笔记

北方友人谈苏州的文化气息，很不靠谱。首先，文化这玩意说有就有，说没有就没有，难免信口开河。其次，苏州太有文化，一部二十四史，从何说起。友人非要让我也说，逼急了，只好豁出去，问想听什么文化，文还是武，柔还是刚。友人笑着说当然是文是柔，吴侬软语，苏州难道还能有武和刚。于是开导他，说太远的吴王夫差不说了，不太远的《古文观止》总该读过，回去好好学习最后一篇。《古文观止》压卷之作是张溥的《五人碑墓记》，是最见苏州人血性的一篇好文章。

顾颉刚先生年轻时，对苏州的新文学不满意，曾经很生气。后人借助这观点，批评苏州的小说。其实是捕风捉影，误会了先贤，他老人家说的只是某时间段，而且单指小说。顾先生是苏州人，自己人说自己，自然高标准严要求，恨铁不成钢。大家都知道，说到小说，苏州向来不差，譬如当代一种流行说法，全国一半小说，江苏人写的，江苏一半小说，苏州人写的。文化大概念中，文学占一小部分，小说又是更小一部分。很显然，苏州人不仅能写小说，还精通文化各领域，擅长文学各门类。琴棋书画无所不能，小说散文诗歌报告文学，什么文章都能写，都能写好。

很多年前，丰子恺先生的漫画《苏州人》，严严实实的帽子，大围巾，架着眼镜，叼着烟卷，手提鸟笼，活脱一个白相人。这幅画带来不小的负面印象，大家觉得苏州人就这德行，不知道苏州人即使当白相人，也比别的地方出色。苏州的文化气息，与经济密切相关，互为因果，唐宋以后，文化一直繁荣，想不出文人都不行。说白了，经济就是一种文化，一种文明。有了经济基础，行行能出状元，哪个角落都是文化。

苏州有个相城区，以区命名，是新词，也就十年历史，来头却很大，引申十分遥远。当年伍子胥在阳澄湖“相土尝水，象天法地”，又“相其他，欲筑城于斯”，因此这里既是吴文化发源地，又是苏州的摇篮。有许多好玩的地方和历史掌故，有阳澄湖的大闸蟹，有北京故宫御用的金砖，还有沈周墓文徵明墓。说老实话，相城不能完全代表苏州，但是想知道苏州文化，不了解还真不行。文友们为相城编了本《阳澄笔记》，介绍此地风土人情，命令写序。无知则胆大，胆大敢妄为，我不揣冒昧，仓促成文聊表陋识，希望方家指正。

2010 年 12 月 23 日　金陵河西

《通俗爱情》

首先，这本书的名字让人感到有趣和震惊，爱就是爱，说不清楚，难道爱情也能通俗和高雅。好在话题都是扯出来的，小说说白了就是扯，扯着扯着，内容与思想不知不觉便冒出来，有了所谓通俗，自然也就有了高雅。爱情不过是两情相悦，你看上了我，我喜欢你，本来很俗的事，很民间很家常，当然也可能会很伟大。在当下社会，通俗爱情跟不谈爱情一样，都是研究爱的很好文本。

其次，这本书的叙述角度让人眼睛一亮，觉得新鲜，小说唯有新鲜才会有趣。一个有探索精神的小说家，总是千方百计寻找好的独特的叙述途径，什么是好，什么是独特，其实就是与别人不一样。作为一个有经验的写作者阅读者，我并不是很习惯这种第一人称的“反串”。我们都知道，小说中的我与现实生活中的我，绝对不会是一个人。海阔凭鱼跃，天高任鸟飞，作为叙述人称的我，可以是驾临天下的皇帝，也可以是从流飘荡的小毛贼，然而通常情况下，生旦净丑，性别大都一致，也就是男人冒充男人，女子扮演女子。这本书里的“我”压根就是一个傻小子，一个小男人，可是作者却是一个女孩子。

第三，这本书不仅是一个女孩子写的，而且作者居然还是我的侄女。很显然，这也是出版社让我写序的重要原因。作为长辈，我义不容辞，不过同时也可以肯定，并不是作者的原意。作者在文坛上混迹多年，已经出过几本书，她并不想轻易地就暴露身份，不希望别人知道她是谁。现在，这谜底由一个当叔叔的人来揭开，我很高兴这么做。

顶着家族光环在文坛上打拼的感觉并不好，也许我们都有同样的想法，内心深处都不希望别人知道自己是谁，有什么样的背景。江山代有人才出，长江后浪推前浪，虽然属于不同时代，我们都热爱文学，忘情写作，提供文字产品，和每一个写作者一样，我们都是特立独行的。因为特立独行，希望读者能与我一样，面对这本书，能够眼睛一亮，感到有趣和震惊。

2012年5月30日　河西

《民国小学生作文》

朗读者策划的《民国小学生作文》，作为课外读物，非常有趣。读者欢迎，家长和老师高兴，学生们喜欢，很多有识人士大跌眼镜，纷纷探讨是非，研究为什么。

为什么呢，原因很简单，当下学生作文水平实在太差。有幸不是第一线的语文老师，用不着整天和那些糟糕文字打交道。但是很不幸，我又当过许多次作文大赛评委，对学生作文尤其是参赛稿件，所谓优秀作品，有相当深入的了解。还是实话实说吧，真相一点也不容乐观，这些作文相当地不堪。

为什么会这样，为什么孩子们的作文总是写不好，因为这些幼稚的文字中，弥漫着一种功利气息，一种急于想把文章写好，又不知道如何才能写好的迷惘。常常有小学生很世故很老到地问，如何才能让作文有思想，怎么样才能深刻。常常有家长虚心求教，写文章的捷径是什么，如何才能拿到高分，怎么样才能得奖。

这样的问题，谁都可以回答，谁都可以似是而非说些什么。同时，落花流水春又去，谁也没办法给出正确答案。如果我们始终念叨着有思想，要深刻，惦记走捷径，为拿高分，为得大奖，孩子们的作文永远也写不好。

写作是文明人应该具备的基本能力，是现代教育的一个重要内容。无论小学生，还是后来的中学生大学生，就像会用电脑一样，写作能力都是必需的。这种能力不是说要表达伟大的思想，而是你有什么想法，有何诉求，可以借助文字简单明了地表达出来。写作课的目的，就是为了训练这种能力，就是为了把同学们的潜在写作技能，通过课堂，通过考试，甚至通过作文竞赛，尽可能开发和激发出来。

孩子们学习写作，好比进行体育运动，是为了锻炼，为了强健身体。少小不努力，老大徒伤悲，写作能力的培养，中小学是最佳年龄阶段。写作不应该堕落为一场充满功利的赛事，要么为了争取冠军拿名次，要么为了对付中考高考。

民国时期的小学生作文，和今天相比，显然缺少功利色彩，更注重培养能力。当然，这种缺少和注重，也仍然是相对的。我不建议把它们当成单纯的学习榜样，当成用心去模仿的范文。事实上，会写作文的同学也许并不服气，善于教学的老师会觉得自己学生写得更好，如果真这样，同样证明《民国小学生作文》值得一读。没有规矩，不成方圆，知己还得知彼，有比较才有鉴别，有比较才有好坏，用过去来检验今天的成色，说不定还就是一条捷径。

老外的目光

三十年前的夏天，我骑自行车从南京出发，花了一整天时间，兼程220公里，黄昏时分到达无锡。那年头公路是石子路，一路颠簸，正十分疲乏和无聊，突然眼前一亮，不远处已是太湖。

过九曲十八弯，面对波光粼粼的水面，心情陡然好起来。看到太湖，就是看到无锡。无锡美，美就美在太湖水。很后悔没带相机，我虽然不专业，一度也非常热爱摄影。时过境迁，历史不会重来，好照片不可复制，当时没留下记录，只能永远遗憾。

我是老照片的爱好者，算不上发烧友，只要能见到，便不会轻易放过。老照片可以显现丰富的时间信息，不管摄影行家是否同意，我总觉得拍照首先记录历史，然后才是艺术。照相机这玩意是老外发明的，最早记录中国历史的老照片也是老外拍摄的，对于中国人来说，这个老外是哪一国不重要，可以西洋欧美，也可能东洋日本，重要的只有一点，都是外国人，都是老外。

老外的目光肯定与我们不一样，他们随手拍摄下来的历史，与我们的记录很可能会有所不同。他山之石，可以攻玉，不识庐山真面目，只缘身在此山中。有时候，真的非常需要老外视角，通过他们独特的目光，重新审视我们的日常生活。当代中国正在剧烈变化，经济和文化日新月异，老外独特的拍摄角度，不只是记录了不同寻常的当下，更重要的是还可以启发未来。

暮春三月，江南草长，十位来自海外的摄影家，雅集名城无锡，聚焦此地的风土人情。作为专业的摄影界人士，他们的目光自然独到，构图必定精美，能够给我们的视觉带来美好的享受。因为机缘，我有幸先睹为快，看到了这些照片，并且受命为精选出来的影集作序。

不知道在序里该说些什么，我非常不喜欢命题作文，要说也只能说几句真话。也许，特别想说的就是，与常见的老外拍摄的历史老照片不同，这一次我们所能见到的，不管它们有多漂亮，制作多精良，却还是似曾相识。换句话说，作为观赏者，我并没有太吃惊，更没有很意外。老外所看到的一切，与我们自己的目光所及，虽然还会有差异，但是已没什么太大不一样。

这说明什么呢，说明了与时俱进，说明了开放和发达。我们都改变了，老外的目光，放弃了以往的单纯猎奇，不再满足于奇风异俗。我们的思维，再也不是少见多怪，盲目排外或者崇外。面对共同的地球，我们已开始用全球化的目光来审视，我们学会了应该这样看世界，也知道应该让世界这样来看我们。

2010 年 5 月 24 日

老的明信片

一百多年前，一位金发碧眼的老外来南京旅游，被古老和苍凉震惊。站在高高的豁蒙楼上，目不暇给东张西望，每一处美景都无限感慨。取出相机，随手拍了几张照片，然后去照相馆冲印，之后去邮局，打算寄回家乡，向未婚妻展示南京风光。恰巧邮局信封卖完，工作人员建议在照片背面写上地址，贴上邮票，附上想说的话。

这封信还真让未婚妻收到了，从此明信片应运而生，仿佛今天手机上的短消息，成为人们交流的最新样式。亲爱的苏菲娅，此刻我正在南京，那是中国最美丽的一个古城。现实中有照相机的人不多，后来的常见办法，是将现成图片印刷。回忆上世纪的历史，曾经一度配有各式照片的明信片大为流行，成为洋人和国内中产阶级们的喜好。

我们写信交流，往往没有太多见不得人的私密。有时候，只是简单报个平安，家书抵万金。有时候，不过卖弄足迹，炫耀见多识广，不这样做，别人又怎么知道你到过南京。因此说起明信片，不同时代不同特色，不同的人不同记忆，譬如我总会想到青年时代，那年头最具有代表性的图像是样板戏，要不就是刚建成的南京长江大桥。

现如今，一位收藏爱好者告诉我，那个年代的明信片已很值钱，翻了上百倍。这让人十分诧异，钱不能说明问题，却最能抓住要害。记得见过一些民国时期的老明信片，我不知道现在的行情如何，凭感觉，就应该是个很昂贵的数目，价值连城太夸张，说这些明信片上的老照片，和一个城市的历史紧密相连，一点都不过分。

南京的老照片我不陌生，十多年前写《旧影秦淮》，曾见过无数老照片，对于明信片上的老南京，也自以为非常了解。面对书稿《老明信片·南京旧影》，还是被深深震撼。没想到与南京有关的老明信片，竟然会有这么多，将近一千张。

认识和了解一个城市有许多渠道，借助老明信片，不失为条捷径。珍贵影像是最好的历史说明书，仿佛时空隧道，轻易地就回到过去。怀旧空吟闻笛赋，到乡翻似烂柯人，为此，真应该好好感谢有心的收藏者。

这篇文章开头完全虚构，一个不存在的故事，众所周知，明信片诞生与南京无关。德国人英国人还有美国人，都喜欢说是他们发明的，南京人犯不着再去凑这热闹。很显然，谁发明不重要，重要的是明信片上的老南京，是那些有着丰富历史痕迹的影像。

2011年11月18日

庞培的红尘之梦

庞培是诗人，不知道为何选了这个笔名，名字是符号，身份的象征和认定。很多人不知道他本名我努力想记住，仍然忘了。庞培打电话过来，开口也是“我庞培”，因此忘了本名也罢。

马尔克斯谈起粉丝，说最疯狂的是一位美国读者，《百年孤独》从头到尾抄了一遍。为什么这么做，理由很简单，想证实一下，究竟作者是疯了，还是自己疯了。

我们喜欢某一本书，通常能做的，无非多看几遍，洒几滴热泪，抄上几段，或者向朋友推荐。可是庞培居然将《艽野尘梦》抄译一遍，疯狂程度完全可以媲美那位美国读者，他不只是抄，一边抄，还要一边做翻译。

我时常想，一个诗人，如果不做一两桩疯狂事，大约也不合格。说老实话，如果没做之前，从朋友角度出发，我一定会规劝庞培，这事听上去太不靠谱，不值得花那么大气力。对于今天的读者，告诉他们一个故事梗概就行，这年头流行快餐，你精雕细琢，为了别人的东西，拿出参加烹饪大赛的功夫，又何苦呢。

说起《艽野尘梦》，我更愿意相信只是某个文人的代笔，譬如沈从文，又譬如凤凰古城的某个失意秀才。如果真是陈渠珍所著，无疑会让所谓文化人蒙羞。一个出生入死的武夫，一个标准的军阀，文章如此漂亮，我们这些玩文字的，那就是白吃干饭。

我相信庞培最迷恋的，当然不会是陈渠珍。《艽野尘梦》也好，《西藏生死线》也好，无论多少卖点，他心中肯定只惦记一个人，那就是藏女西原。这也是典型的诗人思维，在庞培笔下，西原已俨然成为一尊女神。

小说家眼光总会有些不一样，庞培看中了西原怎么让人活下来。在他眼里，十九岁的西原就是诗，她的存在，代表艺术的力量。我看到的却是人物命运，西原活在我们心中，恰恰是因为她的死。

自古美人如名将，不许人间见白头，要想流芳百世，必须得早死。庞培用心良苦，将西原的“貌虽中姿”，译成了“相貌虽不算最姣好”。美丽的爱情故事，通常难免有一个悲剧结尾. 患了天花的西原，满脸水痘，“肿起来的地方，突然陷下去，变成一个个黑色斑点”。如果她真活下来，又会是什么样的命运，显然不容乐观。陈渠珍最后会如何对待她，不好说，看看同时期军阀们的所作所为，不难做出结论。

为有牺牲多壮志，藏女西原为爱而死，因死永生。《艽野尘梦》有好几个版本，陈渠珍的后人，他的儿子和外孙女，都曾编过或翻译过。我更愿意推荐庞培的《西藏生死线》，充满了诗意，当然最重要的一点，是它足够疯狂。

2011 年 12 月 24 日

上海格调

有人领着一群中国人浏览新加坡，指着几幢建筑物兴奋地说：“大家看，这一带像不像上海的外滩。”他说的是电影上的旧上海，所谓像，似是而非，不过是殖民地的礼物，都是一片西方人留下的老房子。很难描述上海的外滩有什么特征，要有，也是一个说不明白的“洋气”，这两个字中国人感受很深，外国人听了哭笑不得。

晚清时，有位大臣向皇帝卖弄地理知识，说天下根本没什么这国那国，洋鬼子其实就那么几个国家，他们贪得无厌，没完没了让人赔款，面子上不好意思，于是不断变换国名来向大清朝讹钱。上海的外滩是个混血儿，中国人心里很清楚，它像外国，外国人就慌乱了，法国人觉得它有点英国的意思，英国人却认为那纯粹是荷兰风格，或者俄罗斯建筑。

在上世纪五十年代出生的人心目中，十里洋场和租界这类概念并不存在。上海是个大工厂，汽笛长鸣，到处竖着烟囱冒着黑烟，上下班时人流如潮。上海轻工业产品都是国产名牌，上海手表、上海自行车、上海服装，反正沾上海两个字，就足以让人向往。多少年来，上海注定是个出风头的城市，得风气之先，领时髦潮流。过去它是个花花世界，冒险家的乐园，后来又成为最大的轻工业基地，唯一不变的就是总走在时代前头。

现如今，上海成了地道的国际化大都市，它的高楼，它的外资公司，它的发展机会，都是国内其他城市不能相比的。上海给人的印象是金钱世界，空气中弥漫着货币的气味，高大的楼房里全是写字间，写字间电脑里是股票账目税单，无数的手指正为金钱忙乱，有人一夜暴富，有人一夜赤贫。上海男人清一色笔挺的西装，上海女人都是白领，上海将成为一个残酷写照，和金钱没关系的边缘人，都将成为另类，都将被排除在上海人之外。

未来的上海人中没有文化人，有文化的人都到附近乡下去了。出局将是一种最普遍的现象，没钱的小市民，失去青春的女人，找不到工作的博士生，忙于奔波的娱乐记者，自以为得意的著名作家，统统离开上海自谋生路。上海表面上是个不设防的城市，宽容大度，为所有人提供公平的机会，实际上到处都是禁区，是地方就埋着地雷。昔日的上海风情不复存在，上海将成为一个幻觉，看不见，摸不着。人们不用再出国奔波，能在上海站住脚，就和出国差不多。

上海和世界已画了等号，上海就是东京，就是纽约，就是巴黎。未来的上海人都会说外语，上海人曾经骄傲地视上海之外的人为乡下人，但他们很快就得心服口服，把那些在上海站稳脚跟的外地人称为上海人。上海人将成为一种荣誉称号，只有英雄好汉才担当得起。上海将成为一座征服者的城市，在这里只剩下两种人，成功者或不甘心失败的失败者。成功者可能会失败，失败者也可能会成功，战斗正未有穷期，没有硝烟弥漫，一样刀光剑影。为有牺牲多壮志，未来的上海是种挑战，是一盘等待高手去下的棋局，是很酷的情人，等着别人去爱，去追求，去舍生忘死。

书法的法

我不擅书法，这篇文章还没写，就知道注定胡说八道。话说有次与孙晓云女士一起吃饭，聊起书法的转指，说自己一直被这问题困扰，尤其是读了她的《书法有法》，心里更加不明白。换个写实说法，一会儿清醒一会儿糊涂，清醒时醍醐灌顶豁然开朗，糊涂时浑浑噩噩，如堕五里雾中。今天既然遇到这个机会，能不能为我们开开窍呢。

孙晓云开始讲解，不只是我，还有几位兴致勃勃想听的人。她先是拿筷子示范，我们一个个目瞪口呆，仔细听着，都希望能听君一席话胜写十年书。孙晓云越说越来劲，说最好是拿笔墨来，于是立刻有人去取，立刻有人屁颠颠送来。结果点头的不住点头，困惑的依然困惑，大家都想抄个近路，趁机讨点便宜，可是哪有这等便宜的买卖。天下无难事，只要肯登攀，偏偏登攀本身就是最大的难事。有些事孙晓云看来太简单，一层窗户纸，一捅就破，换了个人，情况完全不一样。

上海的陆灏公子写得一手好字，曾专门来南京向孙晓云当面请教，我问他收获如何，有什么启发，他很认真地想了想，说这个嘛当然有点道理。这话等于没说，当然是有道理，没道理人家怎么在江湖上混。记得有位定居苏州的老先生祝嘉，也是书法界的高人，坚决反对转指，视这“古法”为邪门歪道。我这里不想讨论正邪的是非，说到底，字写好了都行，其他道理都是假的。

我所知道的南京大书家，林散之是不转指，他的握笔方法，见到人的都说奇，当然也有人说，老先生手指有病，结果只能是这么抓笔，想让他老人家捻管根本就不可能。箫娴据说是一边写，一边转笔，手指基本上是不停的，她的写法与孙晓云有些接近，有很好的观赏性，笔法之间充满弹性，仿佛杜甫笔下的公孙大娘弟子舞剑，一舞剑气动四方，惊天地泣鬼神。

今人喜欢聊的书法，古人很少提及。古人的所谓法，无非规矩，不仅代表着该怎么写，更在乎究竟写什么。成天用毛笔，转笔也罢，捻管也罢，能够习以为常，能把字写好就行。因此写什么反倒更重要，古代修史，处理材料褒贬人事，都有原则和体例，《左传》说“董狐，古之良史也，书法不隐”，宋人谢采伯的《密斋笔记》说“《论语》书法之严，即《春秋》书法也”，这个书法都不是说如何写字，是强调写什么。

这也是为什么大家会看好“文人字”，外行看热闹，内行看门道，在当今的书法家眼里，这三个字很不屑，但是老百姓只知道看内容，看热闹，书法的那个法往往看不见的。

2012 年 12 月 20 日

茅檐草舍无冬夏

高邮人民公园重修英雄纪念碑，原来题字是毛体，究竟是毛主席亲自题写，还是集字，弄不太明白。重修之时，就郑重其事向民间征集，结果众多应征作品中，选了位老者的字。

这老者就是子川兄的父亲，虽然是多年前的往事，说起老父亲的字，总是按捺不住得意。子川还有一个得意，同乡汪曾祺八十年代初返乡，见了他爹的字，觉得不错，曾托人求过条幅。汪先生的字在作家中享有盛名，能入他法眼，也算是最好的广告。

前些日子，子川捧了一卷父亲的遗墨，拿来献宝和展览，地板上摊得到处都是。问有什么看法，我不懂字的好坏，捂着嘴不敢说话。书法学问很深，一个门外汉不知天高地厚胡说八道，注定让人掌嘴。记得很多年前，陪汪曾祺去南京夫子庙碑廊，看见吴伯匋先生的碑文，问这字怎么样，汪曾祺毫不犹豫，说当然不错，胡小石学生的字坏不了。

过去两年，仿佛小学生日课，我一直在临帖，学习正楷。这完全不是件愉快的事，写不像，写不好。临帖让人总有种挫败感，是自取其辱，猪八戒照镜子，里外不是人。我曾跟书法家孙晓云谈体会，孙大笑，说这很好玩，有人练字竟然只是为了羞辱自己。

一个字能写得很好的人，没办法理解写不好字的苦恼。子川也写字，这一阵对书法十分痴迷，他属于那种进步很快的人，似乎一出手，字已经好了。他的进步让人羡慕，也让人嫉妒，而他介绍经验，无非小时候经常看父亲写，虎父无犬子，看多了，无意中得到了书法窍门。

古时候，没有书法家一说，我们只说某人擅书，张三字好，李四字一绝。子川父亲一手好字，不过是无数能写会写中的一员，可以说稀罕，更可以说不稀罕。在过去年代，读书识字的人，字写好是正常，写不好才不正常。然而字好毕竟是爽，不妨想想当年情景，在苏北某县城，一条很旧的巷子，一个非常普通的房间，一位老人不知疲倦，信手写自己想写的内容，想什么，就写什么，要哪种书体，随手就来。那种境界，那种自娱自乐精神，我们今天再也无法体会。

子川父亲的岁数，应该比我父亲略大，究其一生，多数时间都在经历乱世。战争，灾难，政治运动，改革开放后的好日子基本上没赶上。搁中国大历史中，有点像生活在元朝。据子川说，他老父亲不仅擅书，还喜欢下围棋，还喜欢唱几句道情。譬如让子川不能忘的“白云深处青山下，茅檐草舍无冬夏”，就是元朝文化人的心声。

2011 年 8 月 1 日

民国的美女

用美女形容吴贻芳先生不太合适，现如今这称呼成了女性代名词，冒昧借用一下也无妨。我对吴贻芳一向敬佩，受家庭影响，长辈偶尔提到她，总是啧啧赞赏。我在还没弄明白她是怎么样的一个人时，就已经是粉丝了。

吴贻芳出生在武汉，说到武汉妹子，很容易想起网球运动员李娜的强悍。吴贻芳其实很文绉绉，一个标准的女书生，这大约和江南的婉约有关，她所有的教育都在江浙完成，读过的学校有杭州弘道女子学校、上海启明女子学堂、苏州景海女子学校。再以后就是读金陵女子大学，很牛很有历史的一所学校，第一届毕业的只有五个人，吴贻芳是其中之一。

吴贻芳与毛主席同年，说起出身，也只能算小康。十六岁时，父亲因为一笔公款亏空，做了上司的替罪羊，跳江自殁。隔一年，升学无望的哥哥也自杀了，病弱的母亲悲伤而亡，姐姐受不了这打击，在母亲下殓前夜自缢。短短两年，竟然有四位亲人离世，这个打击实在太大，非常人所能忍受。

不一般的人有不一般经历，说起吴贻芳，当然更多的是辉煌。

她是留美的生物学博士，民国的第一小姐。当年的报纸上白纸黑字写着，民国第一夫人是宋美龄，第一小姐的头衔给了她。吴贻芳是妇女界的杰出代表，有着太多太多风光。说句大白话，她就像金子一样，搁在哪里都会闪光。民国时，她是个非常了不起的人物，到了中华人民共和国，仍然还是了不起。

我的一个朋友周和平兄对吴贻芳很有研究，大学毕业，分配在统战部，因为工作原因，开始与吴贻芳老人打交道。从那时起，他就处处关心，仔细收集资料，说起她的故事如数家珍。功夫不负有心人，一晃三十年，他写了一部关于吴贻芳的书，书名叫《永远的吴贻芳》，刚出版就再版了。

不读不知道，读了才知道。许多不为人知的细节，因为这本书而曝光。譬如一张去美国的报销单，时间是上世纪七十年代末，87岁的吴贻芳去美国领“智慧女神奖”，国家给了3万美金公款，她带着两个人，在美国住了65天，最后只用了3千多美金。为什么呢，因为她非常节省，在美期间，总是住最普通的旅馆，要不就是住在朋友或过去的学生家里。

节俭是民国美女非常正面的一个形象，具有一定的普遍性，也许与物质匮乏有关，也许与战乱有关，当然更与知识储备分不开。金钱对于吴贻芳这样的人来说，从来不是个问题。自从成名之后，她显然就没有缺过钱，况且钱终究是身外之物。

《南京味》

上世纪八十年代，我经常看的一本书是《中国古代名菜》，中国食品出版社出版，书很厚，差不多六百页，四十三万字，从先秦以来的古籍中选了八百多种菜肴配方以及制作方法。一个写小说的人看这书有些滑稽，也说不清为什么，反正就是看了，仿佛欣赏明清小品文，很认真很投入，看得津津有味，看得口水直流。这是非常好的精神享受，恰如古人说的那种“闻长安乐，则出门向西而笑，知肉味美，过屠门而大嚼”。

印象中，最早把吃上升到艺术高度的是孙中山先生。他老人家的意思很直白，“悦目之画，悦耳之音，皆为美术，而悦口之味，何独不然”，因此，“是烹调者，亦美术之一道也”。所谓美术就是艺术，孙中山还认为，在他从事革命的年代，我们大中华事事落后于欧美，唯有饮食一道之进步，始终为文明各国所不及。

说老实话，我的美食知识都来源于书本，偶尔聊几句，无非纸上谈兵，玩空城计，卖弄别人知道或不知道的闲话。有一段时间，我喜欢收集各种菜谱，喜欢把玩名家的美食掌故。对我来说，吃更多的是意淫，躺在床上便能运筹帷幄吃遍天下。一个人动辄谈吃非常没出息，说一个人会吃，是美食家，是老饕，是吃货，其实就是馋嘴。嘴馋不值得夸耀，饮食男女人之大欲，死亡贫困人之大恶，好吃不是大错，贪图口食享受是人的本能，但是必须想明白，这毕竟是小道，算不上多大文化。

说中国人会吃，可以是表扬，可以是挖苦。美食书籍看多了也有好处，阅万卷书冒充行万里路，有比较就会有鉴别，就敢胡说八道。我甚至产生过这样的幻觉，如果自己不去写小说，真有机会身体力行，很可能会成为一个不错的厨子。幻觉往往骗人，闻道有先后，术业有专攻，一个好厨子不是谁想当就能当的。美食知识告诉我们，物质世界是丰富的，精神世界也是，美食家的夸夸其谈，十有八九靠不住，因为人和人不一样，口味和感觉有很大差异，能把这些关系处理好的厨子必须是一等高人。

饮食文化的共同点，说起来都免不了怀旧，免不了浓郁的家乡情结。美食更多的是自恋，是对曾经的熟悉追寻，是想吃又没吃到的遗憾弥补。文无第一武无第二，某地食物最好吃这类鬼话，向来都是骗人的，走千走万吃东吃西，吃到最后，还是家乡食物最美好。餐桌上的另外一种情绪是猎奇，是想尝试没吃过的好东西。很显然，了解一个城市的文化，品尝当地美食最直截了当。很多外地朋友来南京，喜欢问此地有什么好吃的，最典型最有代表性的菜肴是什么。有时候，甚至生活在这个城市的南京人，不识金陵真面目，也会陷入迷惘，也会忍不住这么提问。

面对此类话题，我一直在想，如果有本书能简明扼要地介绍一下就好了。有这么一本南京美食地图，你可以无师自通不再求人，可以按图索骥指点江山，可以明明白白大快朵颐。

或许面前的《南京味》就属于这么一本书。

2013年9月14日　河西

《砖瓦老南京》

大约二十年前，在江西一次文化人聚会上，主办方准备了笔墨，请大家题词留念。记得在场的文化名流，部级副部级领导好几位，厅级干部不胜枚举。人家意思也简单，花钱搞了很隆重的笔会，留下领导墨宝，就是日后的广告，未来的炫耀资本。

于是论资排辈，最大的领导先写。这也是官员们为什么要练毛笔字的原因，真不能写，此时必定尴尬。先推托，然后呢硬着头皮涂鸦，赶快走人。我喜欢袖手旁观，看一会儿便溜之大吉。江苏有三位作家，我和王干，那时候还能够勉强冒充青年作家，还有一位陆华兄，身份是《扬子晚报》的副刊主任。

遇到这种场合，领导碍于情面不得不写，我等不擅书法的蹭会者，可以理直气壮拒绝，早早地回宾馆打扑克。题字这种活动安排，仿佛酒桌上喝酒，不能喝的请自便，能喝的会情不自禁跳出来。一直觉得陆华当时的行为有些过分，奋勇上前敷衍几个字就算了，领导都走光了，他被好几个美丽的女孩子围着还在写，一直在写，没完没了。后来他告诉我，那天晚上很过瘾，爽了好几个小时，刚开始是题字，后来索性画起画来。

就像善饮的喜欢显摆酒量一样，能写一手好字的朋友，遇到这机会，往往忘乎所以。陆华大约也觉得过分，笑着说写字好玩，说写着写着，时间不知不觉便过去了。不久前一次朋友聚会，突然发现过去的作协会员们，现如今都到书法家协会去厮混了，陆华便是典型例子，他的兴趣完全转移，跟我说过去的许多年，基本上都在玩字画，玩古玩，其中最用力，也最让他如痴如醉的，是折腾南京的古代砖瓦。

有人非要等到退休，才称心如意地干点想干的事。年龄一天天增大，玩心却一天天加重，陆华对古代砖瓦的兴趣让人吃惊，一说起来就头头是道，不仅能说，而且风吹日晒直接介入，登高爬低现场细察，将自己发现的有精彩铭文和特殊符号的城墙古砖，原汁原味地用宣纸拓录下来。这是项艰巨工程，尤其对他这样有一把年纪的老人。功夫不负有心人，数以千计看下来，数以百计拓下来，再仔细研究把玩，断代考证，挥毫写成说明文字，日积月累终成大观。

南京作为六朝古都，真正遗留的文物并不多，残存大量历史信息的古代砖瓦，显得非常珍贵。这些玩意不是有心人根本看不到，而世界上怕就怕认真二字，怕就怕遇上像陆华这样喜欢钻牛角尖的。上世纪八十年代，文化人兴趣都在文学上，有一种虚假的繁荣，时过境迁，玩文学的越来越少，大家不再拥挤在独木桥上，想玩什么就玩什么，只要玩得高兴，玩得精湛，玩什么都一样。

现在，自号佛石居士的陆华玩出了一本《砖瓦老南京》，触目所见，都是很有意味的图片。佛头不可着粪，狗尾岂能续貂，他忽发奇想命令写序，既然无法推托，我只能写了以上文字，说几句外行话完成任务。

2013 年 9 月 18 日　河西

南京的老照片

上世纪九十年代，一位有才华的年轻人到美术出版社当编辑，他爹怜子心切，给老朋友派任务，让我为他孩子写一本书。情急之中，想到了看过的那些老照片，在过去岁月，我有意无意地接触了许多南京的老照片，根据这些历史影像，自信可以写一本书。这就有了我的第一本图文书《旧影秦淮》，出版社觉得选题不错，发扬光大，索性出了一套老城市系列丛书，这本书也一度被易名为《老南京》。

我对老照片的兴趣由来已久，最初是在图书馆翻阅当年报纸，为了获得一种历史现场感。这是个力气活，毕竟过期报纸不仅有股时间的霉味，很可能枯燥不好看。与单调的文字相比，老照片更可以让人眼睛一亮，当时的制版技术极差，所有照片没有颜色，而且都很模糊。很显然，我所见过的老照片，印刷出版的图片集要清楚得多，当然最清晰的还是原件，譬如档案馆博物馆和私人手里的藏品。

南京是国民政府旧都，它的官方档案馆和图书馆一直处于领先地位，因此只要有心去淘宝，一些珍贵的老照片，便可以从丰富的收藏中获得。当然，与南京有关的历史镜头，不仅收藏在本地，还可能隐匿在世界各地的公共档案馆和图书馆，譬如日本东亚同文书院、美国国会图书馆，以及美国杜克大学和南加利福尼亚大学的图书馆，就收藏了不少与南京有关的珍贵图片。

提起私人拍摄的南京老照片，据我所知最多的是朱偰先生。朱先生早年留学德国，学经济出身，有博士头衔，差不多是这门学科最早的前辈。他老人家对南京有两个重要贡献，一是以一己之力保护了古城墙，一是拍摄了很多照片。除了上世纪三十年代已出版的两本影集之外，朱先生后人有一次告诉我，经过这么多年磨难，他家中居然还有许多尚未公布保存完好的南京老照片，这消息真让人感到兴奋和鼓舞。

这些年民间收藏大热，与南京有关的影像资料，开始为藏家追捧。没见过的老照片不断发现，藏在民间的宝贝，远比我们所能想象中多。相对以往出版的老照片图册，如何处置新发现的数以万计的老照片，将它们进一步归纳整理，剔除常见图像，配上恰当的说明文字，让它们重新进入我们的阅读视野，令读者品尝美食一样大快朵颐，无疑是很值得认真去做的工作。

现在，有意义的工作已经完成，即将出版的《老照片·南京旧影》就放在我面前。这是本全新的影集，给人带来很多惊喜。山外有山楼外有楼，都说见多不怪，我见过太多南京的老照片，面对这样的一本书，不得不承认，它仍然足以让人叹为观止。

2012年6月23日

南京的民国老建筑

常有人问南京的民国老建筑有什么特点，一时间真回答不了。凡事不能太较劲，人世间很多问题看上去简单，认真当回事，便会发现不简单，譬如南京的民国老建筑。

说起老南京，最有文化含金量的是六朝文物。六朝文物草连空，真正的六朝文物又在哪。几年前，几乎同一时段，我见到了两条新闻，一是“广州出土400余件六朝文物，尿壶虎口大张”，一是“韩国古都遗址考古频现六朝文物”。这能说明什么呢，说明六朝繁华，说明六朝的影响，也说明南京没多少货真价实的六朝文物，太少了，任何地方见到几件，都会显得非常珍贵。

怪就怪那隋炀帝，打下南京，一把火把六朝的建筑烧了个干净。说起来伤心，所谓六朝文物，只能在唐诗宋词中寻找。甚至最著名的“六朝文物草连空”诗句，也不是写的南京。公元838年，36岁的杜牧在安徽宣城游玩，写下了《题宣州开元寺水阁》，尽管说起南京历史，动不动会引用这一句，而这诗跟南京没一点关系。

文物讲究实物，南京的民国老建筑很多，多了就不稀罕，就不会想到它也是文物。像我这样出生在上世纪五十年代的老同志，记忆里那些老房子，基本上都民国老建筑。印象中，小时候没见过盖房子，建筑在我童年时代是静止的。除了挖防空洞，大家都住老房子，一旦住了，随遇而安，也没什么改变。

大兴土木是改革开放以后，直接后果是许多老房子被不当回事地拆除。因为多，想拆就拆，好在太多，想全拆还没那么容易。最后新建筑多了，才发现老房子少了。物以稀为贵，因为少，又开始珍贵起来。大家突然想明白，有心保留是一种文化，野蛮拆除也是一种文化。

南京的《扬子晚报》有个读书版编辑叫蔡震，学美术出身，既能绘画又玩文化。他属于那种很在乎老房子的人，发宏愿要让年轻一代了解南京的民国老建筑，要让老建筑成为历史教科书，用幸存的老房子为标本，通过它们来展现当代南京风貌。于是他画了很多速写，还出了书。

面对这样一本书，读完以后，不得不产生遗憾，很容易有懊悔心情。作为普通老百姓，民国老建筑被拆了那么多，还轮不到我们来负责，要认错也是领导的事。然而艺术是干什么的？我觉得它有个很重要的功能，是通过想象恢复，通过记忆再现。艺术就是要充分利用想象和记忆，因此仅仅描绘那些幸存的老房子，写实成分太多，难免是走近路，是避重就轻，是在捡容易的工作去做。

2014 年 4 月 1 日

《用伤口飞翔》

振羽又要出新书，嘱咐写序，说随便来几句就行。当然客套话，随便最容易，也最不容易。清水出芙蓉，文章贵天生，他知道我在文字上随便不起来。

振羽出了好多本书，印象中的他，首先是个喜欢阅读的人，一提到读书就有精神，就眉飞色舞。他的本行学什么不太清楚，反正学而优则仕，本该属于官场上好好厮混的角色，因为喜欢读书，读多了，经常写点有关文字，就稀里糊涂地变为一个文人。说跨界也好，说不务正业也好，文章一篇接一篇写，书一本接一本出，高不攀低不就，于是成了现在这个模样。有一次，他的上司很认真地对我说，我们的振羽文章写得不错，你知道不知道。我乐了，笑着说当然知道，领导都能知道的事，我好歹也算个读书人，不知道说不过去。

振羽不仅读的多，写的多，笔名也多。多得让人都不知道怎么称呼才好，用得最多的是“雷雨”，很像他的性格，来得快，来得容易，来得猛烈。他是那种有文章就写的快枪手，搁到锅里都能煮，夹到碗里便是菜，中外古今文史兼修，无须预热即插即用，只要能想到，就能写出来。他在网络上的名字叫“汝水清凉”，一直想不明白为什么。根据郦道元《水经注》记载，汝水“出河南梁县勉乡西天息山”，振羽是河南人，望文生义，他的故乡大约与这条古河名有关。我很喜欢汝水这两个字，仿佛汴水泗水，不称河而称水，听上去就有古意。

为什么还要有“清凉”呢，“悲时俗之迫阨兮，愿轻举而远游”，振羽是北方人，游学江南，混迹六朝金粉之地，高高兴兴来了，没想到此地湿热，于是乎盼着“风伯为余先驱兮，氛埃辟而清凉”。清凉一词，大有出淤泥而不染之意，当然这只是我的解释。

振羽给我写信，签名是“水底的火焰”，有理由怀疑这也是他曾经考虑过的书名。与“用伤口飞翔”一样，都像诗，都有似通非通的韵味。艺术就应该似是而非，游荡于通与不通之间，我喜欢这样的句子，很像振羽，符合他的为人。

求仁得仁，经过这些年努力，该有的差不多都有了。天道酬勤，振羽很用功会用功，官场得意文坛成名，如果说还有期待，就是希望更尖锐一些，更刚烈一些，飞翔得更高，让水底下的火焰真正燃烧起来。直白地说，他仍然应该继续多读多写，要沉静下来，要有所为有所不为，有些文章可以多写，有些文章可以不写。

也算随便说几句，勉强为序。

2014 年 6 月 14 日

江宁镇的前世今生

1927 年 2 月 3 日，农历正月初二，南京的江宁镇发生了地震。“上午 11 时至下午 1 时之间，有感两次”，此次地震清楚地记录在《江宁镇志》上。过一个多月，从广州来的北伐革命军攻克江宁镇，江宁镇是南京城的门户，又过两天，革命军攻入南京城。

今天很多南京市民弄不太明白江宁镇在什么地方，很容易误会，一不留神就理解成江宁区政府所在地东山。东山镇在南京主城东南方向，江宁镇在西南方向，两地相隔了三十多公里。人们说起自己住江宁，往往是说东山，与真正的江宁镇并无关系。

很多地名常把南京人搞糊涂，一个江宁，能写很多锦绣文章。有时候江宁就是大南京，有时候江宁只代表郊区。都知道是在江南，浩瀚长江在这拐弯，由南往北，南京城位于江东，左东右西，又称江左。江东父老和江左风流，这些看上去有些历史包浆的词，都可以是南京的称呼，唯一没发生名称变化的是江宁镇。

江宁可以代表南京，也可以是江宁县，是江宁区，当然更应该是江宁镇。从字面分析，江宁两个字含义非常丰富。“宁”是太平的意思，北平的“平”，宁夏的“宁”，绥远的“绥”，同样都是被征服，都隐藏着血和泪。事实上，南京周围那些古镇，江宁、秣陵、丹阳，还有胡熟，都曾有过县的编制。

古时候实行郡县制，只要能收到人头税，都可以设县。形象地说，南京郊区有过好多县，它们一会儿分开一会儿合并。三国的东吴灭亡，征服者西晋改建业为秣陵县，同时分置临江县，县治就在今天的江宁镇，不久，临江又改为江宁，所谓“晋帝初通江南，以外江无事，宁静于此”，江宁之名从此开始。隋朝时，县府衙门从江宁镇搬到朝天宫附近的冶城，一直延续到民国政府。南京成为首都，县委整套班子才移往东山镇。

江宁镇已有一千七百多年历史，名字一直没变。当地老百姓最大的不乐意就是，县衙门既然设在东山，你不愿意回到江宁来，干脆叫东山县好了，干吗还非要占用人家的“江宁”。事实上，南京城里人也困惑，多少年来，江宁县和江宁镇，两个完全不同概念，都习惯简称“江宁”，你中有我，我却绝不等同于你。

2010年，南京有12个镇被确认为首批“千年古镇”，江宁镇排名第一，处于领衔位置。让江宁镇居民高兴的不是排名，是12个古镇中，房价最高人气最旺的东山镇榜上无名。仅此一点，多少可以让江宁镇释怀，出口恶气，毕竟让别人僭越名字已久，又没个地方可以说理。

2016年5月13日　河西

后记

过去许多天一直在编辑这套散文，南京的梅雨季节很难受，断断续续总是下雨，湿度太大，好像一伸手，用劲一拧，都能挤出水来。然而编书的日子十分愉快，辛苦并快乐，有点像秋天收获劳动成果。

居然写了那么多散文，还只是其中小部分，有很多书版权没到期。我已经习惯被当作小说家，写散文一直很业余。二十多年前，出版第一本散文集《流浪之夜》，当时写了序，现在重新翻出来，同样意思似乎可以再表达一遍。

这是我的第一本散文集，写序的时候，情不自禁老要想起明朝张岱《夜航船》中一段话：

> 昔有一僧人，与一士子同宿夜航船。士子高谈阔论，僧畏慑，拳足而寝。僧人听其语有破绽，乃曰："请问相公，澹台灭明是一个人、两个人？"士子曰："是两个人。"僧曰："这等尧舜是一个人、两个人？"士子曰："自然是一个

人！” 僧乃笑曰：“这等说起来， 且待小僧伸伸脚。”

我总觉得写散文难免作高谈阔论状，而其中破绽岂止一二。写文章的人，卖几个破绽出去，其实是件好事。因为即使好的散文家，也不应该光想着让读者“拳足而寝”。阅读应该是件愉快的事，能让读者会心一笑，伸伸腿，何乐不为。

中国散文的地位向来不低，好散文也比好小说多得多。当作家，有纯粹的散文家，譬如周作人，譬如丰子恺，写小说的就不敢，多少要弄些散文出来凑数，仿佛不出散文集就不能算文人。近来已出现了“小说家的散文”一词，但是小说家写散文，好比票友下海，毕竟旁门左道。

散文对于我，只是小说之余的一种消遣。散文和小说一样，都是心灵的声音。我不敢说自己的散文写得好，自谦的话已经说了许多，想说的，不过是告诉读者，我写散文的态度是认真的。好不好，水平问题，认真不认真，态度问题。

二十多年后，小说和散文对我来说，如同左手和右手，说不清楚哪只手更重要。不止一位读者说过，更喜欢我的随笔和散文，因此关于这套书，首先想说的一句广告词就是，专为喜欢我小说之外的读者定制。其次，特别想强调时间的重要，此次编辑，为增补写作日期花费很大精力，许多文章已过时，因为篇尾的时间痕迹，又一次复活，又一次把我们拉回到当年岁月。年代太久远，部分文章的时间节点没无法恢复，原汁原味打了些折扣，在此向读者表示抱歉。第三，五本书大致分为“自传”“亲友”“见闻”“阅读”“杂感”，侧重点有所不同。

写作和阅读都是缘分，感谢能见到以上文字的读者。散文的要义是形散神不散，单篇文章如此，一本书一套也应该这样。说话容易做事难，只能尽力而为。读者看出破绽，发现不当之处，不妨再次伸伸腿，敬请会心一笑。

2016 年 7 月 1 日清晨　河西